Manuela Kusterer

AF237004

Hass oder Verzweiflung

Schwarzwaldkrimi

Vierter Fall

2. Auflage September 2020
Herstellung und Verlag: BoD - Books on
Demand, Norderstedt
Covergestaltung: Peter Kusterer
Foto Umschlag: Adobe-Stock
Zeichnungen: Gertrude Gebauer

Manuela Kusterer, in Pforzheim geboren, Jahrgang 1964, lebt heute mit ihrem Mann und ihren zwei erwachsenen Söhnen in der Nähe von Karlsruhe. Ihre Krimis spielen in Schömberg, an der Pforte zum Schwarzwald und Umgebung.

Besuchen Sie die Autorin im Internet
www.manuelakusterer.com
oder in Facebook:
@AutorinManuelaKusterer

Buch

Ein Mann wird im Nordschwarzwald tot in seinem Auto aufgefunden. Dass es Mord war, steht schnell fest. Das Schömberger Polizeiteam nimmt die Ermittlungen auf. Da bleibt keine Zeit mehr, sich in Ruhe an die neue, hübsche Kollegin Luisa Rau zu gewöhnen. Vor allem Hauptkommissar Alexander Wandhoff hat so seine Probleme mit der etwas gewöhnungsbedürftigen Art der Oberkommissarin. Als kurze Zeit später eine Frau auf die gleiche Art und Weise ermordet aufgefunden wird, gibt Inspektionsleiter Rudolf Engel seinen Kollegen deutlich zu verstehen, dass jetzt keine Zeit für sinnlose Diskussionen sei. Die Angst geht um, dass es noch weitere Morde geben könnte. Wird das Team einen dritten Mord verhindern können?

Dieses Buch widme ich meinen Söhnen

Marvin und Nico

5. Oktober 2005

Julia saß in die Ecke gekauert auf dem zerfetzten, von Motten zerfressenen alten Sofa, das rechts in dem kalten Kellerraum stand. Sie hatte sich in eine Decke eingehüllt und zitterte vor Angst, aber ihr Plan stand fest. Ihre Hand umklammerte die Gabel, die sie vom Mittagessen zurückbehalten hatte. Zur Tarnung diente ein Sofakissen. Da hörte sie auch schon, wie die schwere Kellertür aufgeschlossen wurde und der fette Mistkerl, wie sie ihn nannte, hereintrat. So wie es aussah, hatte er ihr Abendessen in der Hand. »Ich hoffe, wir haben ordentlich Hunger«, sagte er nun. Julia antwortete wie immer nichts. Der Mistkerl setzte das Tablett neben ihrem Sofa auf einer umgedrehten Kiste ab, wandte sich an seine Gefangene, beugte sich nach vorne und meinte: »Na, hast du dir mal überlegt, ob du ein bisschen Spaß mit mir haben möchtest?«

Zu seinem Erstaunen antwortete sie: »Warum eigentlich nicht?«

Vollkommen verblüfft setzte er sich neben sie auf das Sofa und schaute die junge Frau lüstern an. Er konnte sein Glück kaum fassen. Julia beugte sich zu ihm, legte ihren linken Arm um seinen Hals und stach blitzschnell mit der anderen Hand, in der sie die Gabel hielt, in Richtung seines Gesichts.

Wo sie ihn getroffen hatte, wusste Julia nicht, aber er heulte auf wie ein verletztes Tier. Diese Gelegenheit nutzte sie, sprang mit einem Satz auf, rannte aus dem Kellerraum, knallte die Tür zu und drehte den Schlüssel im Schloss herum. Dann lief sie keuchend die Treppe nach oben und betete, dass die obere Tür nicht abgeschlossen war. Da sie einige Wochen da unten verbracht hatte - sie hatte aufgehört die Tage zu zählen -, fehlte es ihr an Kondition. Schließlich war sie oben angekommen, stellte erleichtert fest, dass sich die Tür öffnen ließ, riss sie auf, trat in die Diele und erstarrte.

Da stand „die Frau" und starrte Julia mit weit aufgerissenen Augen an. Fieberhaft überlegte sie, was sie tun sollte, versuchen die Frau niederzuschlagen oder einfach davonrennen. Julia entschied sich für die Flucht, rannte zur Eingangstür, drückte den Türgriff nach unten und atmete auf, denn zum Glück war auch hier nicht abgeschlossen. Sie rannte um ihr Leben und drehte sich nicht mehr um, hatte aber auch nicht das Gefühl, verfolgt zu werden.

...

Gerlinde und Ralf Sommer saßen am Esstisch. Sie hatten gerade zu Abend gegessen, genaugenommen, sie hatten versucht etwas zu essen. Seit ihre Tochter vor vier Wochen verschwunden war, konnten sie kaum einen Bissen herunterbekommen. Schweigend saßen sie sich gegenüber, bis sie durch das Klingeln an der Haustür aus ihren Gedanken gerissen wurden. Fragend schauten sich die beiden an. Eigentlich erwarteten sie niemanden. Schließlich erhob sich Ralf und ging langsam zur Tür, öffnete sie und traute seinen Augen nicht. Da stand Julia, vollkommen durchnässt, weil es in Strömen regnete und sie durch ganz Schömberg gerannt war. Sie war ein Schatten ihrer selbst. Nach der ersten Freude breitete sich das Entsetzen in Ralf aus, weil seine Tochter fix und fertig aussah. Er stieß einen Schrei aus, machte einen Schritt auf Julia zu, zog sie ins Haus, schloss sie in seine Arme und ließ den Tränen freien Lauf. Inzwischen war auch Gerlinde in der Diele angekommen, schlug ihre Hand vor den Mund und schaute fassungslos auf das Bild, das sich ihr bot. Das Ehepaar hatte immer weniger Hoffnung gehabt, ihre Tochter noch einmal lebend zu sehen. Die Polizeibeamten hatten gemeint, da Julia schon 18 Jahre alt sei, könne es auch sein, dass sie sich einfach mal eine Auszeit genommen habe und ob es Schwierigkeiten in ihrem Elternhaus gäbe. Es wurde nichts unternommen, um sie zu finden, da nichts auf ein Verbrechen hindeutete.

Nun stürzte Gerlinde auf ihren Mann und ihre Tochter zu und umarmte beide, ohne ein Wort zu sagen. So standen sie zu dritt eine ganze Weile bewegungslos da und hielten sich ganz fest. Nachdem sich alle etwas beruhigt hatten und im Wohnzimmer saßen, begann Julia schluchzend zu erzählen, dass sie in einem Keller eingesperrt gewesen war und wie es dazu kam. Nachdem sie genau erklärt hatte, um welches Haus es sich handelte, sprang ihr Vater auf und rief laut: »Ich bringe diesen Kerl um.«

Entsetzt mischte sich Gerlinde ein und meinte: »Um Himmels willen. Lass das! Ich rufe sofort die Polizei.«

Nun bettelte Julia hysterisch: »Nein, nein, auf keinen Fall, dann weiß es die ganze Welt. Ich möchte das nicht!«

»Lass uns das später in Ruhe überlegen. Jetzt bin ich erst einmal froh, dass unsere Tochter wieder hier ist«, mischte sich Ralf ein.

12 Jahre später

Hanna wandte ihrem Mann den Rücken zu und räumte das Geschirr vom Abendessen in die Spülmaschine. Harald saß noch an der Tischgruppe im angrenzenden Essbereich, erhob sich nun aber und sagte beim Hinausgehen: »Ich mache mich dann mal fertig fürs Klassentreffen.« Er stieg die Treppe nach oben, wo sich der Kleiderschrank im Schlafzimmer befand.

Hanna murmelte ohne sich umzudrehen nur ein „ja" vor sich hin und hätte Harald ihr Gesicht gesehen, wäre er nicht so locker und entspannt nach oben gegangen. Hanna wusste genau, dass ihr Mann nicht nach Karlsruhe zum Klassentreffen gehen würde, wie er es behauptet hatte, aber sie machte gute Miene zum bösen Spiel. Es war ihr inzwischen eigentlich auch gleichgültig, was ihr Mann so trieb. Damals war irgendetwas in ihr kaputtgegangen. Sie konnte noch nicht einmal sagen, dass sie ihn hasste, aber er war ihr schlichtweg gleichgültig. Ja, eine Zeit lang hatte sie ihn gehasst für das, was er getan hatte, aber sie konnte nicht die Kraft aufbringen, ihn zu verlassen.

Früher liebte sie ihn auch noch oder besser gesagt, sie war ihm hörig gewesen.

Harald schlenderte gut gelaunt zu seinem Auto. Er konnte sein Glück kaum fassen. Natürlich war das mit dem Klassentreffen nur vorgeschoben, aber seine Frau würde nicht auf die Idee kommen, ihm nachzuspionieren. Dazu war sie viel zu einfältig. Er hatte nie damit gerechnet, dass Barbara sich mit ihm verabreden würde. Vor 20 Jahren, da war sie wirklich rattenscharf gewesen, hatte aber für ihn keinen einzigen Blick übriggehabt. Er musste sich damals für ihre Freundin Dagmar entscheiden, mit der er leichtes Spiel hatte. Letzte Woche hatte Harald, als er in Pforzheim unterwegs gewesen war, um in der Stadt einige Sachen zu besorgen, durch Zufall Barbara getroffen. Er war selbst erstaunt, wie sehr sie sich freute, ihn zu sehen und sie hatten sich sogleich für heute Abend verabredet. Barbara wohnte inzwischen in Büchenbronn. Er würde sie jetzt abholen und vielleicht würden sie ins Hotel gehen. Wie auch immer, er würde es auf sich zukommen lassen.

An dem Haus angekommen, in dem seine Jugendfreundin - eigentlich war es ja eher die Freundin seiner Frau - eine Eigentumswohnung besaß, sprang Harald mit Elan aus dem Auto. Nicht immer war er so fit. Er wollte sich das natürlich nicht eingestehen, dass auch er älter wurde. Als er gerade geklingelt hatte, riss Barbara schon die Tür

13

auf und kam ihm strahlend entgegen. »Hallo Harald«, sagte sie und sah dabei wieder umwerfend aus, sexy angezogen mit einem kurzen Rock und einem engen Oberteil. Da die Jacke geöffnet war, hatte er einen tiefen Einblick in ihr Dekolleté. Sie umarmte ihn und gab ihm rechts und links ein Küsschen. Er drückte sie an sich, aber sie befreite sich sanft und meinte: »Was machen wir zwei Hübschen denn heute Abend?«

Harald antwortete: »Ich wüsste da schon was.«

Aber Babs, wie er sie schon immer nannte, erwiderte: »Lass uns doch einen romantischen Spaziergang im Mausbachtal machen, wo wir früher auch immer waren.

Lüstern schaute er sie an und sagte mit heiserer Stimme: »Das, finde ich, ist eine sehr gute Idee.«

Am Waldrand angekommen, überlegte sich Harald, weiter in den Wald hineinzufahren und fuhr über die kleine Mausbachbrücke, um dann sein Auto links zwischen den Bäumen abzustellen. Mit glänzenden Augen drehte er sich zum Beifahrersitz, legte Barbara die rechte Hand an den Nacken, um gleichzeitig mit der anderen Hand nach ihrer Brust zu grapschen. Er konnte sich kaum beherrschen und bemerkte, dass sein Glied schon ganz steif war.

»Halt, mein Lieber«, protestierte diese. »Ein bisschen romantischer bitte! Lass uns doch ein paar Schritte laufen. Das kann doch hier im dunklen Wald sehr aufregend sein.«

»Hast du denn überhaupt keine Angst vor dem Mausbechpudel?«, gab Harald zu bedenken, der auf etwas ganz anderes Lust hatte, als auf einen romantischen Abendspaziergang.

»Haha, du glaubst doch nicht etwa an die Sage, dass der Burgherr Erkinger, als er sich vom Turm der Burg Liebenzell gestürzt hat, in die furchterregende Gestalt eines Mausbechpudels verwandelt wurde und hier sein Unwesen treibt? Bist du etwa abergläubisch?«

»Naja, er wurde öfters gesehen. Sein Fell war rabenschwarz, sein Schweif peitschte durch die Luft und die feurigen Augen waren so groß wie Wagenräder.«

Barbaras Gesicht nahm nun doch einen ängstlichen, unsicheren Ausdruck an. Sie schluckte und meinte: »Papperlapapp, außerdem heißt es, dass er nur zwischen Mitternacht und 1 Uhr morgens umhergeht.« Entschlossen stieg sie aus dem Auto und Harald folgte ihr widerwillig

Es war stockdunkel. Man konnte die Hand vor den Augen nicht sehen, deshalb erwiderte ihr Begleiter missmutig: »Man sieht doch überhaupt nichts. Wie willst du denn da spazieren gehen?«

»Nun, ich habe an alles gedacht.« Barbara holte eine Taschenlampe aus ihrer Handtasche.

»Also gut«, erklärte Harald sich schließlich einverstanden. Er hätte sich jetzt auch mit Gewalt holen können, was er wollte, aber schließlich ging es ja in diesem Falle auch anders und außerdem mochte er Barbara. Also stiegen sie aus dem Auto und gingen eng umschlungen, den Waldweg mit der Taschenlampe beleuchtend, kichernd weiter in den Wald hinein.

...

Das Polizeiteam saß vollständig versammelt im Besprechungszimmer des Schömberger Polizeireviers. Die Stimmung war etwas bedrückt, da Lea - die Kriminalinspektionsleiterin gewesen war - ihre Stelle nach der Babypause nicht mehr angetreten und Katja Augenstein ebenfalls das Revier gewechselt hatte. Es war also eine vollkommen neue Situation entstanden. Als Ersatz für Katja war Luisa Rau zu dem Team gestoßen. Da diese etwas unnahbar wirkte, hatten Alex und selbst Rudi - der normalerweise ziemlich offen war - einige Probleme, mit ihr warm zu werden. Aber was konnte man schon nach nur 14 Tagen erwarten.

Die Kollegin war bildhübsch, mit ihren glatten, halblangen dunklen Haaren, ihrem ebenmäßigen schmalen Gesicht und ihrer guten Figur. Normalerweise genau der Typ Frau, auf den Alex, wenn er nicht glücklich mit Lea liiert gewesen wäre, voll abgefahren wäre. Er fühlte sich sehr unbehaglich, weil er Luisa überhaupt nicht einschätzen konnte und auch an nichts anderem Interesse hatte, als an einer guten Zusammenarbeit. Es irritierte Alex, wie sie ihn immer anschaute. Er wurde nicht schlau aus ihr und schätzte sie außerdem als ein bisschen oberflächlich ein. Das lag aber vielleicht daran, dass er bisher hübschen Frauen nicht allzu viel zugetraut hatte. Dieses Vorurteil hatte sich erst in letzter Zeit geändert, nachdem er nach einigen Anfangsschwierigkeiten mit Lea als Vorgesetzte, nun sogar zusammen mit ihr ein Kind hatte und sehr glücklich war. Außerdem hatte Alex sich in letzter Zeit sehr zum Positiven verändert.

Auch Rudolf Engel war mit seiner Situation sehr zufrieden. Seine Freundin Katja Augenstein - die zuvor auch Teil des Teams gewesen war - hatte sich in die Kriminalprävention versetzen lassen, weil sie für die Mordkommission zu zart besaitet war. Er war über diese Entscheidung sehr glücklich, konnte er sich doch so besser auf die Arbeit konzentrieren. Außerdem hatten sie sich nun abends immer viel zu erzählen. Rudi liebte seine Katja über alles. Es dauerte eine ganze Weile, bis es endlich auch bei ihr gefunkt hatte. Seitdem fühlte er sich wie der glücklichste Mensch auf Erden. Nur deshalb war er auf die Idee gekommen, sich auf die Stelle des Inspektionsleiters für dieses Revier zu bewerben, denn nun musste er an die Zukunft denken. Schließlich wollten Katja und er auch Kinder haben.

Dadurch gab es allerdings einige Risse in der bisher sehr guten, freundschaftlichen Beziehung zwischen ihm und seinem Kollegen Alex.

Für diesen war sonnenklar gewesen, dass er, nachdem er schon damals den Posten haben wollte und ihm seine jetzige Lebensgefährtin Lea

Sonntag von Kriminaldirektor Karl-Heinz Rausch-mayer vor die Nase gesetzt worden war, spätes-tens nun diese Stelle bekommen würde.

Lea hatte sich nach Pforzheim versetzen lassen, um bei einer 50%- Stelle mehr Zeit für ihre ge-meinsame einjährige Tochter zu haben. Alex hatte damit gerechnet, diese leitende Position zu be-kommen. Es war für ihn wie ein Schlag ins Gesicht gewesen, als Herr Rauschmayer sich für seinen Kollegen Rudi entschieden hatte.

Deshalb war nun das bis dahin freundschaftliche Verhältnis der beiden Kollegen etwas angeschla-gen.

Luisa äußerte sich nun: »Viel zu tun haben wir hier in diesem Kurort aber nicht. Kaum zu glauben, dass es letztes Jahr drei Ermordete gegeben hat. Seit ich hier bin, langweile ich mich nur.« Provo-zierend schaute sie dabei Alex an, wusste sie doch, wie sehr ihn ihre Worte ärgerten. Es hatte den Anschein, dass er sich persönlich betroffen fühlte.

In diesem Moment klingelte das Telefon. Rudi nahm das Gespräch entgegen und sah danach seine Kollegen irritiert an. Er war normalerweise nicht so schnell aus der Ruhe zu bringen, aber nun schaute er doch etwas fassungslos drein und sagte: »Das darf doch nicht wahr sein. Wir kom-men sofort!« Nachdem Rudi aufgelegt hatte,

meinte er an seine Kollegen gewandt: »Wir müssen sofort nach Oberlengenhardt zum Mausbachtal. Dort wurde ein Mann tot in seinem Auto aufgefunden.«
Ungläubig schaute Alex Rudi an und Luisa blieb regelrecht der Mund offenstehen. Nachdem die beiden begriffen hatten, dass ihr Kollege keine Witze machte, griffen sie nach ihren Jacken und wollten davonstürmen, als Rudi sagte: »Halt! Ich werde Luisa begleiten und du Alex bleibst bitte hier.«
Wütend schaute dieser seinen Chef an, sagte aber nichts und setzte sich missmutig wieder hin.
Während des Hinausgehens informierten sie Saskia. Die Sekretärin saß an ihrem Arbeitsplatz, gleich vorne neben der Eingangstür im Empfangsbereich.

...

Als Rudi und Luisa am Tatort ankamen, hatte die Schutzpolizei schon alles mit Trassierbändern abgesperrt. Rudi, der näher an das geparkte Fahrzeug herangetreten war, sah sich nun die Leiche genauer an. Der tote Mann, so um die 60, saß vollkommen aufrecht auf der Fahrerseite und wäre sein Hals nicht durch einen Kabelbinder zusammengeschnürt gewesen, hätte man nicht bemerkt, dass er tot ist.

Zeitgleich mit der Spurensicherung - die sie informiert hatten - erschien auch der Gerichtsmediziner Dr. Hans-Peter Balbach. »Der muss wohl geflogen sein«, stellte Rudi kopfschüttelnd fest, da

Balbach in Karlsruhe wohnte und dort auch in der Gerichtsmedizin tätig war. Hans-Peter war brummig wie immer. Rudi gegenüber riss er sich noch zusammen, wäre jedoch Alex da gewesen, wäre es viel schlimmer, denn auf diesen war er sowieso nicht besonders gut zu sprechen. Er selbst war mit dessen Lebensgefährtin Lea ein paar Wochen zusammen gewesen und trauerte ihr immer noch nach. Da er nun nicht mehr auf ein Treffen mit Lea am Tatort hoffen konnte, weil diese sich nach Pforzheim hatte versetzen lassen, hatte er eigentlich nicht vorgehabt zu kommen, aber seine Kollegen waren alle beschäftigt. So musste Hans-Peter nun in den sauren Apfel beißen. Missmutig stiefelte er an Rudi vorbei und murmelte: »Bitte zurücktreten, damit ich meine Arbeit machen kann.«

Rudi war wie immer die Ruhe selbst und schüttelte nur den Kopf, aber Luisa empörte sich: »Hat der nen Knall? Was bildet der sich eigentlich ein?«

Ihr Chef erwiderte achselzuckend: »Da musst du dich dran gewöhnen, der ist immer so.«

Nach ungefähr zehn Minuten näherten sich die beiden erneut dem Toten in der Hoffnung, nun von dem Gerichtsmediziner etwas zu erfahren. Die Spusi war inzwischen im Einsatz und entdeckte auch einige Fußabdrücke. Spuren von Autoreifen waren allerdings außer vom Fahrzeug des Toten, keine zu finden.

Luisa fragte schnippisch: »Ist es jetzt genehm, können wir nun vielleicht etwas erfahren?«

Hans-Peter hob den Kopf und schaute sie mit finsterer Miene an, als plötzlich eine Wandlung in ihm vorzugehen schien. Sein Gesichtsausdruck erhellte sich. Etwas freundlicher schaute er Luisa zum ersten Mal richtig an und meinte: »Ja, wer sind denn Sie?«

»Luisa Rau«, antwortete diese kurz angebunden.

»Und mit wem habe ich das Vergnügen?«

Hans-Peter, der neben dem Auto kniete, erhob sich, streifte seine Handschuhe ab, reichte Luisa die Hand und sagte: »Ich bin Hans-Peter Balbach, der Gerichtsmediziner. Freut mich, Sie kennenzulernen.«

Rudi kam aus dem Staunen nicht mehr heraus, so etwas hatte er noch gar nie bei Balbach erlebt. Zuckersüß und überfreundlich berichtete der Gerichtsmediziner nun: »Also, der Tote wurde, so wie es aussieht, von hinten mit einem Kabelbinder stranguliert. Fest steht, dass der Mann durch Ersticken - das sieht man an den Einblutungen in den Augen - zu Tode gekommen ist. Der Tod ist wahrscheinlich zwischen 22 Uhr gestern Abend und ungefähr 2 Uhr heute Morgen eingetreten.

Genaueres erfahren Sie dann nach der Obduktion.«

»Es weist nichts darauf hin, dass er sich gewehrt hat«, meinte Rudi nachdenklich. »Das ist seltsam. Da müsste sich ja hinter seinem Sitz schon jemand versteckt haben, bevor er hier geparkt hat. Das wiederum ist mehr als verwunderlich. Was wollte er denn überhaupt um diese Uhrzeit hier? Da war es doch schon stockdunkel«, sprach Rudi mehr zu sich selbst.

Balbach, der seinen Blick kaum von Luisa abwenden konnte, drehte sich nun zu ihm und meinte wieder in seinem gewohnt brummigen Tonfall: »Das herauszufinden ist nun wirklich nicht meine Aufgabe, sondern Ihre.«

Nachdenklich schaute der Angesprochene seine Kollegin an und meinte: »Lass uns verschwinden.«

Wenn Luisa in ihrem kollegialen Umgang auch etwas sonderbar war, so hatten sie sich doch auf das Du geeinigt, weil es bei ihnen auf dem Revier so üblich war. Als das Team im vorletzten Jahr, nach der Aufklärung eines schwierigen Falles, gefeiert hatte, war das so beschlossen worden.

Die beiden gingen zu Rudis Opel und er meinte immer noch total perplex: »Na, du hast ja mächtigen Eindruck auf unseren Gerichtsmediziner gemacht. Alle Achtung, das hat vor dir noch niemand hinbekommen. Außer Lea natürlich. Sie war kurze Zeit mit ihm zusammen, aber nur ein paar Wochen«, fügte Rudi erklärend hinzu.

»Quatsch«, murmelte Luisa vor sich hin. »Er ist nicht gerade der sympathischste Mensch«, stellte sie noch fest.

Rudi bemerkte belustigt, dass sich eine leichte Röte über ihr Gesicht gelegt hatte.

Die beiden stiegen in das Auto und fuhren zum Revier zurück, um die weitere Vorgehensweise zusammen mit Alex zu besprechen.

7. Oktober 2005

Julia saß in ihrem Zimmer auf dem Schreibtischstuhl und wusste nicht, was sie tun sollte. Sie wusste nicht, wie sie in ihr altes Leben zurückfinden könnte. Ihre Eltern hatten sich einverstanden erklärt, nicht zur Polizei zu gehen. Auch ihr Vater hatte sich wieder beruhigt, obwohl es ihm schwerfiel und gesagt, dass er zunächst mal ein paar Tage über die ganze Sache nachdenken wolle. Ihrer Mutter wäre es lieber gewesen, wenn sie zu einem Psychologen gegangen wäre, aber auch das wollte Julia nicht. Allerdings hatte sie keine Ahnung, wie es weitergehen sollte, sie konnte schließlich nicht einfach zur Tagesordnung übergehen. Ihre Gedanken wanderten zurück zu diesem schrecklichen Tag vor fast fünf Wochen.

Julia war wie jeden Mittwochabend zum Babysitten gegangen. Naja, Babysitten war übertrieben, schließlich war Thorsten 10 Jahre alt. Als sie dort ankam, stand seine Mutter schon an der geöffneten Tür und sagte zu ihr: »Hallo, heute hast du nicht allzu viel zu tun, mein Sohn ist etwas kränklich. Er ist schon im Bett und schläft tief und fest. Du kannst also einfach etwas lesen oder fernsehen. Daraufhin hatte sie das Haus verlassen und ließ Julia etwas unschlüssig in der Diele stehen.

»Auch gut«, dachte diese sich, ging ins Wohnzimmer und schaltete den Fernseher ein. Es dauerte nicht allzu lange und sie war eingeschlafen. Plötzlich wurde Julia von einem Geräusch geweckt. Erschrocken fuhr sie hoch und bemerkte, dass sie sich nicht zu Hause befand. Thorstens Vater stand vor ihr und schaute sie mit glasigen Augen an. Julia sprang auf und sagte: »Guten Abend, sind Sie denn schon wieder zurück? Ich muss wohl eingeschlafen sein.« Verwirrt schaute sie auf die große Standuhr, die sich an der gegenüberliegenden Wand befand.

»Du kannst es dir gerne wieder bequem machen«, kam lallend die Antwort von ihm. Gierig sah er auf Julias Brüste. »Meine Frau ist heute ausnahmsweise mal alleine zum Stammtisch gegangen. Ich hatte eine Betriebsfeier. Wir haben also alle Zeit der Welt«, stellte er fest und kam langsam näher. Eine Alkoholfahne schlug ihr entgegen, sie war unfähig sich zu rühren und verspürte einen heftigen Brechreiz. Als er Julia mit einer Hand festhielt und mit der anderen nach ihrer Brust grabschte, fing sie an zu schreien. Aber es nützte ihr nichts.

Plötzlich wurde Julia aus ihren Gedanken gerissen, weil es an der Zimmertür klopfte. Sie sprang von ihrem Stuhl auf und ärgerte sich, dass sie so schreckhaft war. Nach ein paar Sekunden rief sie: »Herein.«
Die Tür wurde aufgerissen und ihre beste Freundin Sabrina kam ins Zimmer. Diese eilte auf sie zu

und meinte etwas vorwurfsvoll: »Wo warst du denn die ganzen Wochen?«

Nach kurzem Zögern antwortete Julia, wie zuvor mit ihren Eltern besprochen: »Weißt du, mir war das hier alles zu viel. Ich hatte Stress mit meinen Eltern, da bin ich einfach eine Weile abgehauen.« Die gleiche Geschichte hatten sie auch Julias Bruder Bastian erzählt, als er am Tag nach ihrer Heimkehr davon erfahren hatte. Dieser hatte seine Schwester bewundernd angeschaut, denn obwohl er fünf Jahre älter war, hätte er sich so etwas niemals getraut. Und hätte seine Freundin ihn nicht vor einem Jahr gedrängt, mit ihr zusammenzuziehen, würde er jetzt noch die Bequemlichkeit zu Hause nutzen und wäre wahrscheinlich niemals ausgezogen. Auf jeden Fall wäre er nie alleine fortgefahren, nicht einmal innerhalb Deutschland.

»Ja, aber, wo um Himmels willen warst du denn?«, wollte Sabrina nun wissen.

»Mal hier und mal da«, antwortete Julia kurz angebunden.

Ihre Freundin schaute sie irritiert an. »Du willst also nicht darüber sprechen?« So kannte sie Julia überhaupt nicht. Normalerweise konnten die beiden sich bis zu diesem Zeitpunkt alles sagen.

»Doch, natürlich. Es gibt nur nicht viel zu erzählen, eigentlich nichts. Mal habe ich bei einer Brieffreundin geschlafen, mal bei einer entfernten Cousine. Ich habe mir einfach mal einen Teil Deutschlands angesehen.« Wieder herrschte unangenehmes Schweigen, bis Nina - wie alle sie meistens nannten - etwas frostig meinte: »Ich gehe dann mal wieder.«

Nachdem von Julia kein Einwand kam, drehte sie sich um und meinte beim Hinausgehen: »Du kannst dich ja melden, wenn dir nach meiner Gesellschaft zumute ist.«

Traurig schaute Julia ihr nach, erwiderte aber nichts.

September 2017

Hanna Bender saß da und wartete. Ja, auf was wartete sie eigentlich, sie wusste es selbst nicht so genau. Harald war in dieser Nacht nicht nach Hause gekommen, aber das war ihr vollkommen gleichgültig, genau genommen wusste sie, dass er nicht kommen würde. Aber auf was wartete sie denn dann? Sie könnte doch wie jeden Morgen anfangen, ihren Haushalt zu erledigen. Hanna war seit einem Jahr arbeitslos, weil die Firma, in der sie gearbeitet hatte, geschlossen worden war. Sie erhob sich und ging zum Fenster, schob die Vorhänge etwas zur Seite und sah, wie ein Auto am Straßenrand anhielt. Ein Mann und eine Frau stiegen aus, eilten auf ihr Haus zu und schon klingelte es. Sie fuhr sich schnell mit ihren Händen durch die Haare, um diese etwas zu richten und ging schließlich, um die Tür zu öffnen.

»Guten Tag, mein Name ist Rudolf Engel und das ist meine Kollegin Luisa Rau. Wir sind von der Kriminalpolizei. Dürfen wir bitte hereinkommen? Wir haben leider keine guten Nachrichten und möchten Ihnen das nicht zwischen Tür und Angel mitteilen«, fügte Rudi noch hinzu, als Frau Bender keine Anstalten machte, sie hereinzulassen.

Daraufhin machte Hanna Bender einen Schritt zur Seite und sagte: »Dann treten Sie bitte ein.« Sie ging voraus in das kleine Esszimmer, dass sich gleich rechts neben der Küche befand und nur durch einen Rundbogen vom Wohnzimmer getrennt wurde. Hanna bat die beiden, Platz zu nehmen.

»Ist etwas passiert?« Fragend schaute sie die Polizeibeamten an.

Rudi antwortete: »Es tut uns leid, Ihnen sagen zu müssen, dass Ihr Mann heute Morgen im Mausbachtal tot aufgefunden wurde.«

Voller Erstaunen sahen Luisa und Rudi, dass diese Nachricht bei Frau Bender keine große Reaktion hervorrief. Ziemlich ausdruckslos starrte diese vor sich hin.

»Frau Bender, geht es Ihnen gut? Möchten Sie, dass ich Ihnen psychologische Hilfe rufe?«, fragte nun Luisa.

Daraufhin erhob Hanna Bender ihren Kopf, schaute zuerst Rudi, dann Luisa an und meinte: »Nein, es ist alles in Ordnung. Ich will Ihnen nichts vormachen. Unsere Ehe war am Ende, deshalb bin ich auch nicht sonderlich betroffen. Das mag Ihnen vielleicht komisch vorkommen, aber die letzten Jahre waren die Hölle für mich.« Allerdings sah sie nun doch etwas blass aus.

Daraufhin meinte Rudi: »Gut, dann dürfen wir Ihnen vielleicht ein paar Fragen stellen, wenn Sie sich dazu in der Lage fühlen.«

»Ja, das ist kein Problem.«

»Wissen Sie, wo Ihr Mann sich heute Nacht, beziehungsweise gestern Abend aufgehalten hat?«

»Gesagt hat er mir, dass er nach Karlsruhe zum Klassentreffen gehen würde. Geglaubt habe ich ihm das natürlich nicht.«

»Warum nicht«, fragte Luisa.

»Weil er ständig irgendwelche Weibergeschichten laufen hatte«, antwortete Hanna bitter.

»Ich verstehe. Können Sie uns sagen, wo genau dieses Treffen stattfinden sollte?«

»Nein, da habe ich mich nicht drum gekümmert.«

»Haben Sie Kinder?« Luisa holte sich ein Notizbuch aus der Tasche, es war ihr schon immer am liebsten, alles handschriftlich festzuhalten.

»Wir, also ich habe einen Sohn, Thorsten. Der wohnt gerade mal drei Häuser weiter. Er hat eine Wohnung gemietet und lebt dort alleine, nachdem ihn seine Freundin verlassen hat.«

Nachdem sich Luisa alles notiert hatte, fragte sie: »Wer gehört noch zur Familie?«

»Wir haben ansonsten weder Familie noch Verwandtschaft.«

»Gut, und Freunde, mit denen Sie regelmäßig Kontakt hatten?«, mischte sich nun Rudi ein.

»Ja, natürlich. Ein Jugendfreund meines Mannes wohnt in Schömberg. Er heißt Klaus Oswald. Die beiden sind schon zusammen zur Schule gegangen und seitdem unzertrennlich. Das war es dann aber auch schon.«

»Okay. Haben Sie vielleicht Freundinnen, die sich in dieser schweren Zeit um Sie kümmern könnten?«, wollte Luisa wissen.

Bewundernd schaute Rudi seine Kollegin an. Zusammen mit ihr hatte er bis jetzt noch nicht ermittelt und er war beeindruckt, wie professionell diese vorging. So konnte man vom Umfeld des Toten erfahren, ohne, dass es wie ein Verhör wirkte.

»Ja, ich habe eine Freundin. Wir haben uns vor vielen Jahren beim Turnen kennengelernt. Dagmar Schneider heißt sie und wohnt in Pforzheim.«

»Gut.«

Wie war das Verhältnis Ihres Mannes zur Nachbarschaft? Hat es da irgendwann einmal Streit gegeben?«

»Nein, da war überhaupt nichts. Wir haben allerdings auch nicht allzu viel mit den Nachbarn zu tun. Rechts von uns wohnt Annemarie Richter. Sie ist alleinstehend. Das Ehepaar auf der anderen Seite heißt Leonard.«

»Gab es sonst irgendwelche Feinde?«

»Nein, das glaube ich nicht.«

»Gut, dann lassen wir Sie jetzt in Ruhe, Sie müssen jetzt bestimmt erst einmal zu sich selbst finden. Wenn wir noch Fragen haben, werden wir ein anderes Mal wiederkommen. Sollte Ihnen noch etwas einfallen, scheuen Sie sich bitte nicht, uns Bescheid zu geben, auch Kleinigkeiten können wichtig sein.«

»Ja, natürlich, das werde ich tun.« Hanna begleitete Rudi und Luisa zur Tür und schloss, nachdem die beiden gegangen waren, mit einem tiefen Seufzer die Haustür, lehnte ihren Kopf an die Wand und rührte sich einige Minuten nicht von der Stelle.

...

Julia ging unruhig im Wohnzimmer auf und ab. Sie war kurz davor, durchzudrehen. Seit einer Woche hatte sie ihre Wohnung, die sie in Schömberg in der Calmbacher Straße gemietet hatte, nicht mehr verlassen und konnte sich nicht überwinden, auch nur einen Fuß vor die Tür zu setzen. Ihr Herz raste. Sie bekam kaum noch richtig Luft. Julia wusste, dass sie an einer Angststörung litt, scheute aber davor zurück, sich psychologische

Hilfe zu holen. Unzählige Male war sie wegen diesen Symptomen im Krankenhaus gelandet, nur damit die Ärzte feststellen konnten, dass ihr eigentlich nichts fehlte. Sie hatten ihr dringend geraten, eine Therapie zu machen. Aber Julia hatte immer gehofft, ihre Probleme mit Hilfe ihres Freundes Robin in den Griff zu bekommen. Nun war es aber sogar ihm zu viel geworden. Seit einer Woche hatte er sich nicht mehr blicken lassen. Und genau seit dieser Zeit hatte Julia ihre Wohnung nicht mehr verlassen. Und schuld daran ist nur dieser Mistkerl, dachte sie voller Hass.

Voller Verzweiflung hatte sie vor einer halben Stunde ihren Freund angerufen und ihn gebeten, zu ihr zu kommen. Im Moment fühlte sie sich so, als ob sie jeden Moment sterben würde. Ihre Atmung ging immer schneller, da klingelte es. Das musste Robin sein, denn er hatte ihr, bevor er gegangen war, den Schlüssel, den sie ihm für ihre Wohnung gegeben hatte, in der Diele auf die Kommode geschleudert. Julia eilte zur Tür, riss sie auf und erstarrte, als sie das Gesicht ihres Freundes sah. Es sah alles andere als freundlich aus.

»Was ist los?«, fragte er barsch.

»Bitte komm doch rein«, antwortete Julia weinerlich. »Bitte bleibe bei mir, ich mache auch alles, was du willst.«

»Dann mach endlich eine Therapie«, erwiderte Robin. »Schau dich doch mal an, wie du aussiehst.«

Tatsächlich hing Julias sonst so gepflegte dunkle Mähne wirr in ihr Gesicht und so konnten auch ihre Wangengrübchen, die Robin so sehr an seiner Freundin liebte, nichts an ihrem kläglichen Aussehen ändern.

»Ich verspreche es, aber du musst mir auch helfen. Du weißt, was du tun kannst, damit es mir wieder bessergeht.«

Inzwischen hatte ihr Freund aber doch den Arm um sie gelegt, streichelte ihr über den Rücken und flüsterte beruhigend: »Alles wird gut. Beruhige dich! Wir schaffen das zusammen.« Schließlich liebte er seine Freundin über alles. Die letzte Woche war sehr hart für ihn gewesen, aber er hatte auch gewusst, dass, wenn er eine Zeitlang wegbleiben würde, es die einzige Chance war, sie zur Vernunft zu bringen. Robin wollte endlich ein normales Leben mit ihr führen können.

...

Das Polizeiteam saß versammelt im Besprechungszimmer. Auch die Sekretärin Saskia war
heute anwesend, ganz entgegen ihrer Gewohnheit, dass sie normalerweise immer, wenn etwas
passierte, frei hatte. Rudi wollte gerade anfangen
zu sprechen, als Alex fragte: »Darf ich mir noch einen Kaffee holen?«
Rudi antwortete etwas genervt: »Was soll die
Frage, Alex. Du musst nicht fragen, wenn du einen
Kaffee holen möchtest. Da hat sich nichts geändert.« Er wollte noch etwas hinzufügen, schluckte
es aber herunter und stellte für sich fest, dass es
besser wäre, ruhig zu bleiben. Rudi war sowieso
normalerweise immer die Ruhe in Person und

hatte auch nicht vor, sich in Zukunft von Alex provozieren zu lassen.

So wartete er, bis Alex mit dem Kaffee aus dem Aufenthaltsraum zurückkam und begann dann mit der Besprechung: »Also, die Nachbarn haben wir schon befragt.« Er heftete währenddessen das Bild vom Tatort und dem Toten an die Tafel.

»Annemarie Richter und das Ehepaar Leonard haben beide ziemlich identisch ausgesagt, dass Herr Bender ein Choleriker gewesen sei, sie aber mit ihm keine Probleme hatten, da sie sich einfach zurückgehalten und ihm keinen Anlass zum Ärger gegeben haben. Vor allem seiner Frau zuliebe wollten sie keinen Streit, da diese eine nette Person sei. Das waren die Worte von Frau Richter. Von einem Streit oder irgendwelchen seltsamen Ereignissen in letzter Zeit hätten sie nichts mitbekommen.«

»Ich finde, wir sollten nun die Freundin von Hanna Bender und den Schulfreund ihres Mannes befragen«, mischte sich nun Luisa ein.

Rudi zog eine Augenbraue hoch. Es war nicht üblich, sich einzumischen, wenn der Inspektionsleiter sprach, aber „nun gut", er schluckte auch diesen Ärger hinunter, wandte sich zu ihr und sagte: »Ja, natürlich müssen wir das, aber es ist auch wichtig mit dem Sohn zu sprechen. Deswegen werden wir uns jetzt aufteilen.

Ich schlage vor, dass ihr beide, Alex und Luisa, zunächst bei dem Schulfreund Klaus Oswald, wenn er zu Hause ist, mit der Befragung beginnt und anschließend gleich weiter zu Thorsten Bender geht. Der wohnt nur drei Häuser von seinem Elternhaus entfernt. Dann kommt ihr erst einmal zurück, damit wir die weitere Vorgehensweise besprechen können. Da unser Team sich ja nun leider verkleinert hat und Kriminaldirektor Rauschmayer keine Anstalten macht, uns Ersatz für Katja zu geben, müssen wir eben so zurechtkommen. Ich werde mich in der Zwischenzeit um die Freundin von Frau Bender kümmern. Also dann, bis später.« Mit diesen Worten erhob sich Rudi, griff nach seiner Jacke und verließ das Revier.

Es war normalerweise nicht seine Art, so kurz angebunden zu sein, aber heute war er etwas genervt, vor allem von der Art und Weise, wie Alex sich benahm. An Luisa musste er sich auch erst gewöhnen. Rudi musste sich eingestehen, dass es nicht immer einfach war, Kriminalinspektionsleiter zu sein. Er hatte Leas Arbeit immer geschätzt, aber nun im Nachhinein bewunderte er sie mehr denn je.

...

Nachdem Rudi in der Pforzheimer Nordstadt endlich einen Parkplatz gefunden hatte, stand er vor Dagmar Schneiders Haustür. Diese wohnte in der Hohenzollernstraße. Er hatte eine Stunde gebraucht, bis es ihm gelungen war, sich durch den Feierabendverkehr zu kämpfen. Das hatte ihm gerade noch gefehlt, heute schien einfach nicht sein Tag zu sein. Deshalb würde er gleich nach der Befragung von Frau Schneider Feierabend machen und nicht mehr ins Revier zurückkehren, beschloss Rudi. Wenigstens hatte er sich zuvor erkundigt, ob sie zu Hause sei, damit er diese Tortur nicht umsonst auf sich hatte nehmen müssen.

Nun öffnete, nachdem er das zweite Mal geklingelt hatte, eine sehr sympathisch aussehende Frau um die 50 mit dunklen halblangen Haaren und einem schmalen Gesicht, die Tür und sagte: »Guten Tag, Sie sind sicher der Kommissar, der mich angerufen hat. Kommen Sie doch bitte herein.«

Rudi zückte seinen Ausweis und stellte sich nochmals persönlich vor.

»Möchten Sie etwas trinken, vielleicht einen Kaffee?«, fragte Dagmar Schneider freundlich.

»Nein danke, keinen Kaffee, aber ein Glas Wasser wäre nett.«

Nachdem sich die beiden in die Küche an den kleinen, runden weißen Tisch gesetzt hatten und Rudi durstig ein paar Schlucke aus dem Sprudelglas nahm, fragte er: »Sie sind also mit Hanna Bender befreundet. Kannten Sie Frau Benders Mann auch gut oder hat sich die Freundschaft auf ihre Freundin begrenzt?«

»Gut kann man eigentlich nicht sagen«, antwortete Dagmar zögernd. »Befreundet bin ich nur mit Hanna, aber früher waren wir alle in einer Clique und haben viel gemeinsam unternommen. Aber wie es dann eben so ist, einige haben geheiratet, dann klappt das einfach nicht mehr. Deswegen hat sich unsere Freundschaft auf uns Frauen beschränkt.«

»Was können Sie mir über Harald Bender erzählen? Was war er für ein Mensch? Können Sie sich vorstellen, dass er Feinde gehabt hatte?«

»Das kann ich mir sehr gut vorstellen, die Liste könnte unendlich sein. Darum habe ich mich aber auch nicht gekümmert. Das interessiert mich nicht wirklich.«

»Nun gut«, meinte Rudi. »Dann muss ich Sie jetzt noch fragen, wo Sie sich in der Nacht von vorgestern auf heute aufgehalten haben?«

»Ach so, ja, kein Problem. Das mag jetzt etwas komisch rüberkommen, aber ich war mit Hanna zusammen. Sie war hier bei mir und wir haben uns einen gemütlichen Abend gemacht.«

»Hanna Bender«, fragte Rudi überrascht.

»Ja, wir treffen uns mindestens einmal im Monat und es war mal wieder fällig. Wir haben zusammen gekocht, gegessen und uns lange unterhalten. Ungefähr bis Mitternacht.«

»Komischerweise hat Frau Bender nichts dergleichen erwähnt.«

»Wahrscheinlich steht sie unter Schock. Möchten Sie dann noch irgendetwas wissen? Ich müsste jetzt mal langsam das Haus verlassen, da ich noch einen wichtigen Termin habe.« Dagmar wirkte etwas nervös. Das könnte aber auch daran liegen, dass sie unter Zeitdruck steht, überlegte sich Rudi. »Nun gut, dann möchte ich Sie nicht länger aufhalten. Sollte Ihnen noch irgendetwas einfallen, wenn es Ihnen auch noch so unbedeutend erscheint, melden Sie sich bitte.« Mit diesen Worten erhob er sich, legte seine Visitenkarte auf den Küchentisch und verließ, nachdem er sich verabschiedet hatte, die Wohnung.

...

Lea lag auf ihrem großen grauen Familiensofa - das kleine hatte weichen müssen, da sie nun eine Familie waren - und hatte ihren Kopf auf den Schoß von Alex gelegt. Dieser kraulte ihr durch die Haare und starrte nachdenklich vor sich hin.

»Alex, was ist los mit dir? Du bist so schweigsam. Ich glaube nicht, dass das mit eurem Fall zusammenhängt. Darüber redest du normalerweise immer mit mir. Ihr könnt ja nach einem Tag noch nicht viel wissen, also, ich denke, das ist nicht dein Problem. Außerdem fragst du gar nicht, wie mein Tag heute war«, sagte Lea auffordernd.

»Doch, natürlich. Gibt es etwas Neues? Hast du dich gut eingelebt in deinem neuen Revier?«

»Na ja, so schnell geht das auch nicht. Die Kollegen sind ganz in Ordnung und mit meinem Chef verstehe ich mich sogar ziemlich gut.«

»Echt? Wie sieht er denn aus? Muss ich mir Sorgen machen?«, wollte Alex wissen.

Da das aber nicht wirklich interessiert klang, schaute Lea ihren Lebensgefährten fragend an und meinte: »Du bist ja gar nicht bei der Sache. Erzähl, was ist los?«

»Nichts ist los. Es interessiert mich wirklich, wie er aussieht. Schließlich muss ich wissen, ob er eine Gefahr für mich darstellen könnte.«

»Quatschkopf«, entgegnete Lea nun liebevoll. »Er sieht blendend aus, aber ich liebe natürlich nur dich. Aber jetzt schieß los! Was ist dir heute über die Leber gelaufen?«

»Nun ja, es nervt mich, dass Rudi den großen Chef raushängt.«

Mit einem Ruck erhob sich Lea, setzte sich neben Alex hin und sah ihn ungläubig an.

»Das ist nicht dein Ernst. Ich kenne Rudi inzwischen wirklich sehr gut. Sowas würde er niemals tun.«

»Du glaubst mir also nicht?«, fragte er leicht eingeschnappt.

»Doch, ich glaube, dass du das so empfindest, aber es ist nicht so. Du wolltest den Job haben und deswegen bist du so genervt.«

»Ja, ich wollte die Stelle damals schon haben und Rauschmayer hat mir dich vor die Nase gesetzt. Das habe ich damals akzeptiert. Aber….«

»Na ja, da kann ich mich aber an anderes erinnern«, schmunzelte Lea vor sich hin.

Alex ignorierte Leas Worte und erwiderte: »Nun, vielleicht hast du Recht. Ich werde mir Mühe geben, die Situation so zu akzeptieren, wie sie ist.«

»Das hört sich schon viel besser an und mal ganz ehrlich, würdest du wirklich so eine Verantwortung auf dich nehmen wollen? Ich bin im Moment ganz froh, dass ich sie los bin. Das war schon sehr anstrengend. So können wir doch jetzt das Glück mit unserer kleinen Clara genießen.«

»Du hast ja recht. Ich kann mich auch irgendwann mal auf einen anderen Posten bewerben.«

»Ja, ja«, meinte Lea und war erleichtert, dass dieses Thema erst einmal erledigt war. »Kommt Zeit, kommt Rat. Übrigens, sag mal, wie sieht denn eure Neue aus? Wie heißt sie? Luisa, stimmt's? Ich habe sie ja immer noch nicht kennengelernt.«

»Geht so«, antwortete Alex einsilbig.

»Davon muss ich mich selbst überzeugen, ich werde bald mal bei euch aufkreuzen, um meine alten Kollegen zu besuchen«, meinte sie augenzwinkernd.

Alex sah seine Freundin an, näherte sich ihr langsam und legte seine Lippen auf die ihren und flüsterte dabei: »Ich glaube, wir sollten uns jetzt mit etwas anderem beschäftigen, schließlich schläft unsere kleine Clara endlich tief und fest.«

Lea erwiderte voller Verlangen seinen Kuss und die beiden vergaßen die Welt um sich herum.

...

Dagmar saß in ihrer schicken Zweizimmerwohnung und ließ sich das Gespräch mit dem Kommissar durch den Kopf gehen. Sie schreckte auf, als ihr Telefon klingelte. Hastig stand sie vom Sofa auf, eilte in die Diele und nahm das Gespräch entgegen. Die Stimme ihrer Freundin Hanna dröhnte ihr entgegen: »Dagmar, wie gut, dass du da bist, ich weiß nicht mehr weiter.«

»Hanna, was ist los? Du klingst ja vollkommen hysterisch.«

»Ja, ich habe furchtbare Angst. Seit Tagen fühle ich mich beobachtet, überall ums Haus herum knackt es und ich sehe lauter Schatten. Das kann ich mir doch nicht einbilden.«

»Das denkst du bestimmt nur. Lass doch einfach deine Rollläden herunter. Wer sollte dir denn irgendwas antun wollen?«

»Ich weiß es nicht, aber ich habe so ein komisches Gefühl.«

»Jetzt hast du Jahre lang überlegt, deinen Mann zu verlassen und hast es nicht auf die Reihe bekommen. Nun hast du endlich deine Ruhe, könntest es dir so richtig schönmachen und was machst du? Du wirst hysterisch. Jetzt reiß dich doch mal zusammen. Was ist denn mit deinem Sohn? Kann der nicht zu dir kommen und dich ein bisschen ablenken?«

»Thorsten hat für so etwas keinen Nerv. Ich habe ihm gestern schon gesagt, dass ich Angst habe. Dafür hat er kein Verständnis. „Wer will denn dir schon etwas anhaben" meinte er, genauso wie du. Dann muss ich also schauen, wie ich das alleine durchstehe«, schluchzte Hanna. »Ich wünsche dir noch einen schönen Abend. Tschüss.«

Und somit war das Gespräch nach einem Knacken in der Leitung beendet.

Kopfschüttelnd legte Dagmar das Telefon auf das kleine Schränkchen in der Diele und ging in ihr Wohnzimmer zurück, aber so richtig Ruhe und Entspannung konnte sie an diesem Abend nicht mehr finden, zu viel ging ihr durch den Kopf.

...

Es war 8 Uhr morgens und das Team war schon fast vollständig im Besprechungszimmer versammelt. Nur Saskia fehlte. Da es aber in letzter Zeit selten vorkam, dass sie zu spät kam, drückte Rudi ein Auge zu.

Alex war guter Dinge, er hatte sich fest vorgenommen, gute Miene zum bösen Spiel zu machen. Nachdem er sich überlegt hatte, dass er eigentlich gar keine leitende Position wollte, dass ihm das zurzeit sogar viel zu anstrengend wäre, nahm er sich fest vor, Rudi heute nicht zu provozieren. Auch dieser war gut ausgeschlafen und voller Elan. »So, was haben wir bis jetzt«, fing er die Besprechung an. „Was habt ihr gestern alles erreicht?«

Alex begann zu berichten: »Also, leider haben wir Klaus Oswald, den Freund von Herrn Bender, nicht angetroffen. Beim Sohn hatten wir mehr Glück, der war zu Hause, aber das hat uns auch nicht weitergebracht, denn er war ziemlich wortkarg. Er meinte, er habe ein etwas angeknackstes Verhältnis zu seinem Vater gehabt. Trotzdem konnte er sich nicht vorstellen, dass dieser Feinde gehabt hatte. Als Alibi für die Tatzeit hat Thorsten Bender angegeben, mit ein paar Kumpels unterwegs gewesen zu sein. Ich habe hier die Namen notiert.« Alex schob Rudi einen Zettel rüber. »Das müsste ich dann heute noch überprüfen.«

»Alles klar«, sagte Rudi und wandte sich an Luisa: »Luisa, ist dir noch irgendetwas aufgefallen?«

»Nein, auch nicht mehr als das, was Alex schon gesagt hat.«

Dieser schaute seine Kollegin prüfend an. Irgendwie kam sie ihm heute etwas schweigsam vor. Das war er von ihr so gar nicht gewohnt, normalerweise hatte sie immer eine große Klappe und stichelte gerne etwas.

»Gut«, fuhr Rudi fort: »Bei meinem Besuch bei Frau Schneider kam auch nicht allzu viel heraus. Allerdings hat sie als Alibi angegeben, mit Hanna Bender zusammen gewesen zu sein. Diese hatte das aber nicht erwähnt. Da müssen wir noch mal nachhaken. Also wissen wir, was wir heute zu tun haben. Alex und Luisa, ihr überprüft das Alibi von Thorsten Bender. Versucht seine Kumpels zu erreichen und befragt sie alle. Falls Saskia heute noch mal erscheinen sollte....«

In diesem Moment wurde die Tür aufgerissen und die Sekretärin kam mit hochrotem Kopf herein. »Entschuldigung«, sprudelte es aus ihr heraus, aber Rudi gab ihr mit einer Handbewegung zu verstehen, dass es okay war und sie Platz nehmen soll. Danach sprach er weiter: »Also, Saskia wird euch die Telefonnummern und Adressen von Benders Freunden raussuchen und dann müsst ihr noch.... obwohl das werde ich in der Zwischenzeit selbst übernehmen. Ich gehe später zu Klaus Oswald, er wohnt hier in Schömberg. Vorher habe ich noch etwas zu erledigen. Dann treffen wir uns heute Nachmittag wieder zur Besprechung.« Mit diesen Worten verließ er das Revier.

...

Julia war gerade mit Putzen beschäftigt, als es klingelte. Sie hatte ihre Wohnung immer noch nicht verlassen, aber es ging ihr nach dem Gespräch mit Robin viel besser und sie war guten Mutes. In den letzten beiden Stunden hatte sie die Böden gesäubert, alle Schränke ausgeräumt, ausgewischt und alles wieder hineingestellt. Da Julia niemanden erwartete, ging sie zögernd zur Tür, schaute, nachdem sich niemand durch die Sprechanlage gemeldet hatte, durch den Spion und erkannte zu ihrem Erstaunen ihre Freundin Sabrina. Freudig öffnete sie die Tür und sagte: »Hi Nina, schön, dich mal wieder zu sehen. Ich dachte schon, es gibt dich gar nicht mehr.«

»Das Gleiche kann ich aber auch behaupten«, meinte diese nur. »Du hast dich in letzter Zeit ja sehr zurückgezogen.«

Tatsächlich hatten die beiden sich in den letzten Jahren nur noch sporadisch getroffen.

»Du hast recht«, meinte Julia zerknirscht. »Aber komm doch erst einmal rein. Ich habe dich so vermisst«, fügte sie noch leise hinzu.

Das ließ sich Sabrina nicht zweimal sagen. Sie trat ein, schloss die Tür hinter sich und nahm ihre Freundin ganz fest in die Arme.

Nachdem Julia Wasser für Tee aufgesetzt hatte, setzten sich die beiden in die gemütliche kleine Küche und aus Julia brach alles heraus, was sich

so in den letzten Jahren bei ihr angestaut hatte:
»Weißt du, ich habe seit ein paar Jahren eine
Angststörung und in den letzten Wochen das
Haus überhaupt nicht mehr oft verlassen.«

Entsetzt schaute Sabrina ihre Freundin an. »Warum hast du denn nicht Bescheid gesagt, ich hätte
dir doch vielleicht helfen können, dafür sind
Freunde doch da. Dass ich das aber auch überhaupt nicht bemerkt habe.«

»Du hättest mir da nicht helfen können. Und bis
vor ein paar Monaten war das auch noch nicht so
schlimm.« Julia war nahe dran, ihrer Freundin die
ganze Geschichte zu erzählen, unterließ es dann
aber und meinte nur: »Robin hat mich überzeugt,
eine Therapie zu machen. Ich muss mir jetzt nur
noch einen Therapeuten suchen. Und das Beste
ist, wir werden heiraten.« Jetzt strahlte Julia richtiggehend.

»Echt? Ich wusste gar nicht, dass ihr so eine feste
Beziehung habt.«

»Robin hat sich mit dem Antrag zurückgehalten,
bis ich eingewilligt habe, eine Therapie zu machen. Ist ja klar, dass er keine gestörte Frau haben
möchte. Übrigens Nina, würdest du mir einen Gefallen tun?«

»Ja, kommt drauf an«, meinte diese zögernd.

»Würdest du mit mir einen Spaziergang machen, nur hier etwas die Lindenstraße auf und ab gehen? Es wäre das erste Mal seit Wochen, dass ich ohne meinen Freund das Haus verlasse.«

»Aber gerne, wenn das alles ist«, freute sich Sabrina und erhob sich.

Julia sprang ebenfalls vom Stuhl auf, meinte dann aber: »Mist, jetzt habe ich vollkommen vergessen, den Tee zu machen.«

»Aber das macht doch nichts, lass uns erst eine Runde laufen und dann holen wir das nach.«

Julia nickte zustimmend. Die beiden zogen ihre Jacken an und eilten die paar Stufen vom ersten Stock, in dem sich Julias Wohnung befand, hinunter und verließen das Haus. Draußen angekommen, bemerkte Sabrina das kurze Zögern ihrer Freundin, fasste sie sogleich am Arm und schon war die Angst verflogen. Julia atmete die spätsommerliche Luft tief ein, gab sich einen Ruck und die beiden marschierten entschlossen los. Sie bogen rechts ab, in die Lindenstraße. Es dämmerte schon und die gelben Lichter der Straßenlaternen verliehen dem Ort eine angenehme, abendliche Atmosphäre. Sie schlenderten gerade die Bad Liebenzeller Straße entlang, als Julia plötzlich stehen blieb und meinte: »Komm, lass uns kurz da drüben in die Seitenstraße gehen.«

»Okay.« Die beiden überquerten die Straße, auf der heute sehr wenig Verkehr herrschte und bogen in die kleine Straße ein. Es war sowieso sehr wenig los, nur vereinzelte Spaziergänger waren zu sehen. Nach ein paar Schritten blieb Julia abrupt stehen und konnte ihren Blick nicht mehr von einem Haus abwenden.

»Julia, was ist los mit dir?«

»Nichts«, antworte diese und war plötzlich einsilbig, wie eh und je.

Nachdem sie wieder in Julias Wohnung angekommen waren, tranken die beiden zusammen Tee, aber so richtig wollte das Gespräch nicht mehr in Gang kommen. Beim Abschied sagte Sabrina zu ihrer Freundin: »Du musst schon ehrlich zu mir sein. Ich spüre doch, dass du mir etwas verschweigst und ich weiß auch, dass das mit damals, als du plötzlich für vier Wochen verschwunden warst, zusammenhängen muss. Seitdem bist du nicht mehr dieselbe.«

Julia sah sie nachdenklich an und meinte schließlich: »Okay, unsere Freundschaft ist mir wirklich wichtig und ich möchte dich nicht nochmal verlieren, deshalb werde ich dir alles, was passiert ist, erzählen. Aber sei mir bitte nicht böse, heute habe ich dazu keine Kraft mehr. Außerdem kommt Robin demnächst. Lass uns was für nächste Woche ausmachen, bitte!«

Sabrina hatte Julia lange angeschaut, sie dann ganz fest in die Arme genommen und schließlich zugestimmt.

Nachdem Sabrina gegangen war, saß Julia noch eine ganze Weile nachdenklich da und dachte an die schreckliche Zeit damals. Alles war wieder auf sie eingestürmt, als sie vor dem Haus gestanden hatten, dort, wo sie vor 12 Jahren im Keller gefangen gehalten worden war.

Nachdem sie damals, am Ende ihrer Kräfte, auf dem Sofa gelegen war, voller Schmerzen und Ekel, sich dann langsam angezogen hatte und gehen wollte, hatte Thorstens Vater sie am Arm gepackt und als sie sich wehren wollte, ihr einen heftigen Schlag ins Gesicht gegeben. Sie war zurückgetaumelt. Da hatte er ihr dann die Augen verbunden und sie zu seinem Auto geschleift. Julia musste kurz ohnmächtig gewesen sein, denn sie erwachte erst wieder in diesem Kellerloch auf dem zerschlissenen Sofa.

...

Rudi stand bei Klaus Oswald in der Diele. Dieser hatte ihm keinen Platz, geschweige denn etwas zu trinken, angeboten. Über letzteres wäre Rudi heute sogar richtig froh gewesen, denn er fühlte sich wie ausgedörrt und befürchtete, dass eine Grippe im Anmarsch sein könnte. Da aber Herr Oswald ungeduldig im Flur stehen geblieben war, begann er die Befragung: »Herr Oswald, Sie wissen bestimmt, warum ich hier bin, es geht um Ihren Jugendfreund Herrn Bender.«

»Ja, ich habe gehört, was mit ihm passiert ist. Aber was hat das mit mir zu tun? Wir sind schon lange nicht mehr wirklich befreundet gewesen.«

»Das erstaunt mich jetzt aber«, entgegnete Rudi. »Seine Frau hat mir da etwas ganz anderes erzählt, nämlich dass Sie sich regelmäßig getroffen haben, um etwas zusammen zu unternehmen.«

»Regelmäßig ist wohl etwas übertrieben. Hin und wieder haben wir uns getroffen, das war dann aber eher zufällig.«

»Hatten Sie Streit miteinander?«

»Nein, natürlich nicht, aber keiner hat als Erwachsener so viel Zeit wie früher in der Jugend, würde ich sagen. Damals waren wir wirklich dicke Freunde gewesen.«

»Also, Sie können mir dann über Ihren Jugendfreund nichts erzählen? Ob er Feinde hatte oder ob Ihnen in letzter Zeit irgendetwas aufgefallen ist?«

»Nein, das kann ich wirklich nicht.«

»Dann verraten Sie mir doch bitte noch, wo Sie sich in der Nacht von Donnerstag auf Freitag diese Woche aufgehalten haben.«

»Sie werden doch nicht denken, dass ich ihn umgebracht habe? Warum hätte ich das tun sollen? Ich habe kein Alibi, ich lebe hier alleine und war zu Hause. Ich habe nicht mal ein Haustier, das dies bezeugen könnte«, fügte Klaus Oswald spöttisch hinzu.

»Das kann ich mir gut vorstellen, dieses Tier würde mir auch äußerst leidtun«, dachte sich Rudi, dem der Mann höchst unsympathisch war. Nachdem er bemerkte, dass er so nicht weiterkommen würde, verabschiedete er sich mit den üblichen Worten: »Wenn Ihnen noch irgendetwas einfallen sollte, können Sie sich jederzeit an mich wenden«, und legte Herrn Oswald seine Visitenkarte in der Diele auf die Kommode.

Kopfschüttelnd verließ er das Haus. So einen Stoffel hatte er schon lange nicht mehr erlebt, der war ja die Freundlichkeit in Person.

Seufzend beschloss Rudi nach einem Blick auf die Uhr, für heute Feierabend zu machen, direkt nach Hause zu gehen und sich auszukurieren. Es war zwar erst früher Nachmittag, aber er fühlte sich richtig matt und befürchtete sogar, Fieber zu haben.

Schließlich ist ja auch Wochenende, beruhigte er sein schlechtes Gewissen. Nach einem Anruf im Revier, fuhr Rudi nach Büchenbronn, wo er sich zusammen mit Katja eine Wohnung gemietet hatte.

...

Hanna Bender saß mit ihrem Sohn am Esstisch. Thorsten meinte gerade ungeduldig: »Mama, was soll denn das? Du warst doch noch nie so ängstlich.« Es war schon später Abend und er hatte noch etwas vor.

»Ja, gerade deshalb kannst du mir glauben. Ich fühle mich beobachtet. Und ich habe das Gefühl, dass ständig jemand ums Haus herumschleicht.«

»Das bildest du dir bestimmt nur ein. Es ist ja verständlich, dass du mit den Nerven am Ende bist. Vielleicht solltest du ein paar Tage wegfahren, irgendwohin, in eine gemütliche Pension, wo du so richtig abschalten kannst.«

»Blödsinn, damit ist das Problem doch nicht gelöst.« Hanna fühlte sich nicht ernst genommen.

»Was denkst du denn? Dass Vaters Mörder jetzt auch noch dich umbringen möchte?«

»Nein, eigentlich nicht. Ich weiß nicht, was ich glauben soll. Aber lassen wir das Thema. Es führt zu nichts, wenn wir weiterdiskutieren.«

Seufzend erhob sich Thorsten. »Ich muss jetzt auch gehen. Habe einen wichtigen Termin.«

Hanna nickte abwesend und nahm nicht einmal mehr wahr, wie ihr Sohn ihr kurz auf die Schulter klopfte und das Haus verließ.

Gedankenverloren ging Hanna Bender in die Diele, weil es geklingelt hatte. »Was hat er denn nun schon wieder vergessen? Er hat doch einen Schlüssel«, murmelte sie vor sich hin.

Sie wusste nicht genau, wieviel Zeit vergangen war, seit ihr Sohn gegangen war. Seufzend öffnete sie die Haustür und ihr Gesicht nahm einen erstaunten Ausdruck an. Mit diesem Besuch hatte Hanna nicht gerechnet. Sie war fest davon überzeugt gewesen, dass Thorsten noch einmal zurückgekommen sei. Nachdem ihr später Gast einfach ins Haus eintrat und Hanna vollkommen überrumpelt einige Schritte zurückwich, fiel ihr Blick entsetzt auf den Gegenstand, den die unerwünschte Person unter der Jacke hervorgezogen hatte. Es war ein Kabelbinder. Hanna wusste, dass sie keine Chance hatte, zu entkommen. Trotzdem versuchte sie sich zu wehren, als der Kabelbinder immer fester zugezogen wurde. Sie röchelte und ihr ganzes Leben ging ihr in den paar Sekunden, in denen sie um ihr Leben kämpfte, durch den Kopf. Es war ein großer Fehler gewesen, damals nicht einzugreifen, sie hätte es in der Hand gehabt, dass die Sache etwas glimpflicher hätte ablaufen können. Aber der größte Fehler ihres Lebens war, heute die Tür zu öffnen. Einige Minuten später lag Hanna Bender tot in ihrer Diele.

...

Katja und Rudi hatten soeben das Abendessen beendet. Katja hatte eine Lasagne zubereitet, weil es das Lieblingsgericht ihres Lebensgefährten war. Nun sah sie ihn besorgt an und meinte: »Du gefällst mir heute gar nicht.«

»Nun, das nehme ich jetzt aber mal nicht persönlich«, witzelte er.

»Nein, im Ernst, hast du Fieber?« Katja fasste ihn an die Stirn und ordnete im Befehlston an: »Du gehst jetzt sofort ins Bett! Du bist ja extrem heiß.«

»Ich kann es mir jetzt nicht erlauben, krank zu sein und morgen zu Hause zu bleiben. Schließlich haben wir einen Mordfall aufzuklären. Heute war wenigstens Alex ganz annehmbar«, fügte er seufzend hinzu. Mitleidig sah seine Freundin ihn an und erwiderte: »Zurzeit hast du es nicht einfach. Stimmt´s?«

»Ja, es könnte besser sein, aber ich glaube, Alex fängt gerade an zu akzeptieren, dass ich der Chef bin. Es wäre auch schade, da wir uns immer gut verstanden haben.

Zudem hatte ich vorhin eine nicht sehr erfolgreiche Befragung. So einen unfreundlichen Kerl habe ich selten erlebt.«

»Gut, aber nun schalte mal ab. Du gehst jetzt ins Bett und ich komme mit dem Fieberthermometer.«

Noch ganz in Gedanken versunken erhob sich Rudi und begab sich ohne weitere Proteste nach nebenan ins Schlafzimmer.

...

Luisa schaute fassungslos auf die tote Hanna Bender. Um deren Hals befand sich ein festgezogener Kabelbinder. Ihr Sohn hatte sie am frühen Morgen gefunden. Nun saß er nach einem Nervenzusammenbruch in einem Sessel im Wohnzimmer. Der Hausarzt war schon vor Ort. Nachdem er Thorsten Bender eine Beruhigungsspritze gegeben hatte, war dieser ziemlich teilnahmslos.

Rudi sah nachdenklich die Tote an. Er hatte sich letzte Nacht so richtig ausgeschlafen und fühlte sich heute glücklicherweise nicht mehr krank. Schließlich äußerte er sich: »Frau Bender muss überrascht worden sein. Es sieht so aus, als ob sie noch versucht hätte, sich zu wehren, aber keine Chance hatte.

»Es deutet alles darauf hin, dass sie ihren Mörder selbst hereingelassen hat«, mischte sich Herr Meyer von der Spurensicherung ein.

Erst gestern hatte Luisa noch zu ihrem Chef gesagt, sie vermute, dass Hanna Bender irgendetwas mit dem Tod ihres Ehemannes zu tun habe. Nun lag diese selbst hier, auf die gleiche Art und Weise getötet wie ihr Ehemann.

»Das gibt es doch gar nicht«, murmelte Rudi vor sich hin.

Hans-Peter Balbach, der immer noch neben der Toten kniete, erhob sich langsam, schaute Luisa fasziniert an und meinte zuckersüß an diese gewandt: »Ich werde in ein paar Tagen, wenn die Untersuchungsergebnisse da sind, bei euch vorbeischauen und ausführlich Bericht erstatten. Ich habe sowieso etwas in der Nähe zu erledigen.« Rudi würdigte er keines Blickes. Es war erstaunlich, dass er schon wieder vor Ort war, da es schließlich auch noch andere Gerichtsmediziner gab.

Rudi meinte sich verhört zu haben, wollte etwas erwidern, schluckte aber, schaute Hans-Peter nachdenklich an und meinte: »Das ist aber sehr nett von Ihnen, so entgegenkommend kennt man Sie ja überhaupt nicht.«

Nachdem Rudi und Luisa das Haus verlassen hatten, wandte er sich lächelnd an seine Kollegin und sagte: »Da werden wir ja in Zukunft ziemlich zuvorkommend behandelt werden.«

Luisa warf ihm einen bösen Blick zu, entgegnete aber nichts und eilte voraus zu Rudis Wagen, wo sie wartete, bis er das Auto aufgeschlossen hatte. Schweigend fuhren sie ins Revier zurück.

Als Rudi und Luisa sich zu Alex ins Besprechungszimmer begaben, lächelte Rudi immer noch vor sich hin. Ärgerlich schaute Luisa ihn an und äußerte sich: »Was gibt es denn da zu grinsen?«

Alex hob erstaunt den Kopf und fragte: »Habe ich was verpasst? War es am Tatort so lustig?«

»Nein, natürlich nicht«, erwiderte Rudi und sein Gesicht nahm sofort wieder einen ernsten Ausdruck an. Er begab sich zur Magnettafel und begann die Besprechung. Alex schüttelte nur den Kopf. Sein Chef deutete auf das Bild des ersten Toten. »Hier haben wir Harald Bender. Er wurde mit einem Kabelbinder umgebracht. Man hat ihn im Mausbachtal in seinem Auto tot aufgefunden. Bis jetzt haben wir noch keine Spur.« Er schaute seine Kollegin an und fuhr fort: »Luisa hatte den Verdacht, dass Frau Bender irgendetwas mit seinem Tod zu tun haben könnte.« Rudi befestigte nun ein Bild von Frau Bender neben dem ihres Mannes. »Und nun ist sie auf die gleiche Weise ermordet worden. Das Ganze ist mehr als rätselhaft und ich würde sagen, wir müssen leider von vorne beginnen.« Zwischen die Fotos schrieb er die Namen aller Familienangehörigen und Freunde. »Wir müssen noch einmal alle Personen befragen. Seid ihr eigentlich schon weiter gekommen mit den Freunden von Thorsten Bender?«, fragte er.

Luisa antwortete: »Nein, da kam leider nichts dabei heraus. Die treffen sich ab und zu, gehen etwas trinken und das war es dann auch schon. Den Vater von Thorsten kannten sie nicht. Es waren drei, die wir ausfindig machen und befragen konnten. Das hat uns überhaupt nicht weitergebracht.«

Rudi seufzte: »Das ist aber auch verzwickt, wir treten irgendwie auf der Stelle. Also, ich würde sagen, dass du, Alex, mich begleitest. Wir fangen noch mal mit der Freundin, Dagmar Schneider an. Wir fahren nach Pforzheim und sprechen mit ihr. Luisa, du kannst dich in der Zwischenzeit um die liegengebliebenen Angelegenheiten kümmern. Wir setzen uns dann gegen Abend zusammen und besprechen die weitere Vorgehensweise. Das muss sein, auch wenn heute Sonntag ist«, fügte er noch hinzu, als er die nicht gerade begeisterten Gesichter sah.

»Okay«, stimmte Alex zu. »Kannst du mir jetzt noch verraten, warum du vorhin so gegrinst hast?«

»Nein, das kann er nicht«, antwortete Luisa bissig. Daraufhin lächelte Rudi und antwortete auf die Frage seines Kollegen, Luisas Einwand ignorierend: »Unser Gerichtsmediziner Dr. Balbach wird uns persönlich die Ergebnisse der Gerichtsmedizin vorbeibringen.«

Erstaunt schaute Alex ihn an. »Wie das?«, fragt er verblüfft.

»Nun ja, ich denke, wir werden ihn jetzt hier öfters sehen.« Immer noch grinsend schaute Rudi Luisa an. »Ich glaube, er findet großen Gefallen an unserer Kollegin.«

»Echt«, fragte Alex erstaunt.

»Echt«, äffte Luisa ihn nach. »Das ist vollkommener Blödsinn. Er hat sowieso hier in der Gegend zu tun, deshalb kommt er vorbei«, sagte sie knapp und verließ den Raum, indem sie die Tür lautstark hinter sich zuschlug. Verschwörerisch schauten sich nun die beiden Zurückgelassenen an und erwiderten gleichzeitig: »Na klar.«

...

Julia saß zuhause im Sessel und hing ihren Tagträumen nach. Immer wieder kamen die furchtbaren Erinnerungen in ihr hoch.

Nachdem sie verschleppt worden und im Keller wieder zu sich gekommen war, wusste Julia im ersten Moment nicht, wo sie sich befand. Dann wurde ihr nach und nach bewusst, was geschehen war. Wo war sie? Panik erfasste sie. Außer ihr war niemand hier. Angeekelt fiel ihr Blick auf das zerschlissene Sofa, auf dem sie sich befand. Es war richtig kalt und ihr Unterleib schmerzte. Außerdem hatte sie Kopfschmerzen. Fieberhaft überlegte Julia, was passiert war. Thorstens Vater musste sie hierhergebracht haben. Aber warum? Was bezweckte er damit? Er würde sie hier doch wohl nicht sterben lassen? Julia wurde immer panischer, kein Mensch kam und sie wusste nicht, in welchem Keller sie gefangen gehalten wurde. Dann bekam sie eine Panikattacke, die erste ihres Lebens. Der Schweiß brach ihr aus allen Poren und sie meinte ersticken zu müssen. Die Stunden zogen sich wie Kaugummi dahin. Irgendwann gegen Morgen musste Julia dann doch vor lauter Erschöpfung eingeschlafen sein, denn als sie wieder aufwachte stand dieser widerliche Mensch vor ihr. Sie flehte ihn an: »Wer sind Sie? Was wollen Sie von mir?« Der Mistkerl antwortete erst einmal gar nichts, bis er schließlich, nachdem er Julia eine Weile angeschaut hatte, meinte: »Ich weiß auch nicht, was ich mit dir hier anfangen soll, aber da du nun schon einmal da bist, müssen wir das Beste daraus machen. Ich kann dich nicht gehen lassen, aber vielleicht können wir es uns hier in nächster Zeit auch ganz nett machen.« Gierig schaute er sie an. Julia erstarrte........

Sie wurde aus ihrer Gedankenwelt gerissen, als ihr Freund Robin das Wohnzimmer betrat. »Jetzt reiß dich doch mal ein bisschen zusammen«, fuhr er seine Freundin an. »So kann es doch nicht weitergehen. Ich habe doch alles getan, was du wolltest. Ich kann auch nichts dafür, dass alles so schiefgelaufen ist, dass wir zu spät gekommen sind. Wir hätten nichts tun können. Was erwartest du eigentlich von mir?«

»Überhaupt nichts. Ich kann es nur nicht verstehen und komme einfach nicht aus diesem Loch heraus. Ich weiß nicht, was ich machen soll. Schließlich möchte ich das alles vergessen können und ein neues Leben mit dir anfangen. Ich werde das auch schaffen. Gib mir noch ein paar Tage Zeit.«

»Wie lange denn noch«, fragte Robin verzweifelt.

»Ich würde sagen, wir lenken uns jetzt einfach mal ein bisschen ab und machen was ganz anderes. Wir müssen dringend auf andere Gedanken kommen. Ich werde uns heute Abend etwas Leckeres kochen, wir laden ein paar Gäste ein, vielleicht deine Freundin, mit der du dich so gut verstehst. Wie heißt sie doch gleich?«

»Sabrina.« Julia sah auf und ihr Gesicht leuchtete. Sie antwortete: »Ja, das ist eine gute Idee, ich möchte auch gerne meinen Bruder fragen, ob er Zeit hat. Ich habe Basti schon wochenlang nicht mehr gesehen. Ja, lass uns das machen. Vielleicht lenkt mich das etwas ab.« Julia stand auf, umarmte ihren Freund und schmiegte sich an ihn. Robin streichelte ihr über den Rücken und meinte beruhigend: »Alles wird gut! Du wirst sehen.«

...

Rudi und Alex saßen mit Dagmar Schneider in deren Wohnzimmer auf der Couch. Die beiden hatten sich auf das Sofa gegenüber von Frau Schneider gesetzt. Deren Augen waren gerötet und ihr Gesicht verquollen. Sie musste in den letzten Stunden sehr viel geweint haben. Rudi ergriff nun das Wort und meinte: »Es tut mir leid Frau Schneider, dass wir Sie noch einmal stören müssen, aber Sie werden sicherlich verstehen, dass wir den Mörder von Herrn und Frau Bender so schnell wie möglich finden müssen.«

Stumm nickte Dagmar und erwiderte schluchzend: »Wir waren doch immer zusammen, ich kann es nicht glauben, dass Hanna jetzt tot sein soll. Wer kann denn das getan haben? Das kann ich nicht verstehen. Bei ihrem Mann hat mich das jetzt nicht so sehr verwundert, aber bei Hanna...sie war so ein lieber Mensch. Hanna, Barbara und ich wir waren so eng befreundet, ich kann nicht begreifen, dass das jetzt vorbei sein soll.«

Verblüfft schaute Rudi Frau Schneider an und fragte: »Wieso zu dritt und wer ist Barbara? Sie haben diesen Namen noch nie erwähnt.«

»Habe ich nicht? Das tut mir leid, das habe ich nicht für wichtig empfunden.«

»Alles kann aber wichtig sein«, mischte sich nun Alex ein und Rudi fügte noch hinzu: »Ich kann ja noch verstehen, dass Sie nichts davon gesagt haben, aber auch Frau Bender hatte nichts von einer dritten Freundin erzählt. Diese Tatsache finde ich schon seltsam.«

Alex nickte zustimmend und Dagmar äußerte sich: »Ja, ich weiß auch nicht. Auf jeden Fall haben wir uns mindestens zweimal im Monat getroffen, um etwas zusammen zu unternehmen oder einfach so, wie letzte Woche mit Hanna, als wir hier gekocht, gequatscht und ferngesehen haben. Alles Mögliche eben, was Freundinnen so im Allgemeinen tun.«

»Und diese Barbara war letzten Donnerstag nicht dabei?«, fragte nun Alex.

»Nein, sie hatte schon etwas vor.«

»Wissen Sie denn, wo genau sie sich zu dieser Zeit aufgehalten hat. Vor allem brauchen wir den Nachnamen und ihre Adresse?«

»Barbara Rapp, aber was spielt denn das für eine Rolle? Sie hat doch nichts damit zu tun.«

»Das kann durchaus sein«, antwortete Alex. »Aber wir müssen alles überprüfen und mit allen Freunden, Bekannten und Verwandten sprechen. Schließlich brauchen wir eine Spur, irgendeinen Hinweis, den uns vielleicht irgendjemand aus dem engeren Bekanntenkreis geben kann.«

Dagmar nickte verständnisvoll, aber mehr, als dass ihre Freundin in Büchenbronn lebt, war aus ihr nicht herauszubekommen.

Sie war mit den Nerven am Ende. Rudi sah ein, dass da heute nichts mehr zu machen war und erhob sich widerstrebend. Alex tat es ihm gleich und die beiden verabschiedeten sich.

...

Julia, ihre Freundin Sabrina, ihr Bruder Bastian und natürlich Robin saßen um den festlich gedeckten Esstisch aus Massivholz im gemütlichen Wohnzimmer. Robin und Julia hatten zusammen gekocht. Es gab Steaks mit Kräuterbutter, dazu einen bunten gemischten Salat und ein paar Backofenpommes. Allen hatte es wunderbar geschmeckt und es herrschte eine entspannte Atmosphäre. Bastian sagte: »Bin ich froh, Schwesterherz, dich endlich mal wieder zu sehen. Die ganze Zeit wollte ich schon vorbeikommen, aber du weißt ja, wie es ist, die Zeit vergeht wie im Fluge. Nach der Arbeit bin ich immer sehr müde und dann……«

»Ja, ich weiß«, unterbrach Julia ihren Bruder. »Deine Kumpels, mit denen du ein Herz und eine Seele bist, möchten auch noch etwas von dir haben.« Ein bisschen Sarkasmus hörte man allerdings aus ihrer Äußerung schon heraus, aber sie lenkte gleich mit ihren nächsten Worten wieder ein: »Ich bin dir aber gar nicht böse. Wir sehen uns ja jetzt.«

»Übrigens«, nachdenklich schaute Bastian seine Schwester an. »Was machen denn unsere Eltern?«

»Ich habe sie schon drei Wochen lang nicht mehr gesehen«, antwortete Julia. »Wir haben nur miteinander telefoniert, aber es ist alles in Ordnung.

Ich habe mir überlegt, ob ich sie heute ebenfalls einladen soll, aber es war mir dann doch zu viel Arbeit. Ich denke, das holen wir nächstes Wochenende nach.«

»Okay, sag Bescheid«, meinte Bastian. »Ich würde dann auch noch mal vorbeikommen. Gerne kann ich auch etwas zusteuern, einen Salat oder etwas anderes. Dann habt ihr nicht so viel Arbeit.«

»Alles klar, wir werden sehen«, meinte Julia ausweichend. Sie hasste es, vorauszuplanen, weil sie nie wusste, wie es ihr gesundheitlich gehen würde. Da sie wochenlang nicht aus dem Haus gegangen war, hatte sie immer Ausflüchte ihren Eltern gegenüber gehabt. Vor drei Wochen waren die beiden bei ihnen zum Kaffee gewesen. Nach solchen Treffen hatte sie dann immer eine Weile Ruhe vor ihren Fragen.

»Natürlich wird es am Sonntag einen Kaffee bei uns geben«, warf Robin nun ein.

Bevor Julia etwas erwidern konnte, fragte Sabrina: »Wie geht es dir denn heute?«

Julia zuckte zusammen, sie hoffte, dass die Freundin nicht auf ihre Probleme zu sprechen kam. Ihr Bruder wusste zwar davon, aber sie wollte nicht, dass er bemerkte, wie schlecht es ihr tatsächlich ging. Er litt immer mit ihr und das musste heute nun wirklich nicht sein. Deshalb antwortete sie kurz und knapp: »Ganz okay.«

Robin und auch die anderen sahen sie etwas zweifelnd an, aber sie wollten die gute Stimmung nicht verderben und wechselten das Thema. Zwei Stunden lang unterhielten sie sich noch angeregt über alles Mögliche, bis Bastian sich erhob und meinte: »Seid mir nicht böse, aber ich wusste nicht, dass wir uns heute treffen und hatte schon etwas ausgemacht. Schön war es, bei euch zu sein. Vielen Dank.« Er beugte sich zu seiner Schwester, küsste sie auf die Wange und verließ die Wohnung. Kurze Zeit später brach auch Sabrina auf. Robin half Julia, das Geschirr in die Küche zu tragen und da er das meiste gekocht hatte, meinte Julia: »Ruh du dich jetzt erstmal aus. Ich mache das schon. Es war wirklich ein schöner Abend. Danke. Das war eine wundervolle Idee von dir.«

...

Nachdem Rudi und Alex von Dagmar Schneider zurückgekommen waren, hatte sich das Team im Aufenthaltsraum versammelt. Rudi wollte keine lange Besprechung mehr abhalten, deshalb hatte er Saskia gebeten, Kuchen im Café Talblick zu holen. Alle hatten sich schon am Kaffeeautomat bedient. Nun saßen sie um den großen Tisch, der sich in diesem Raum befand. Tatsächlich waren sie etwas entspannter als in den Tagen zuvor.

»Komisch, dass weder Dagmar Schneider noch Hanna Bender etwas von dieser Barbara erwähnt haben«, äußerte sich Rudi nachdenklich.

»Ansonsten sind wir heute bei Frau Schneider auch nicht weitergekommen, aber das war auch nicht zu erwarten. Sind denn schon die gerichtsmedizinischen Ergebnisse da?«

»Nein«, spöttelte Alex. »Da kommt doch der Herr Doktor selbst vorbei.«

Wieder warf Luisa mit bösen Blicken um sich, sagte aber nichts und zog nur leicht ihre Augenbrauen nach oben.

Rudi war aber gar nicht bei der Sache, meinte nur: »Ich werde jetzt nach unserer kleinen Pause selbst zu dieser Barbara fahren.«

Er schaute die Sekretärin an, die auch bei der Besprechung dabei war und sagte: »Saskia, du wirst mich begleiten.«

Erstaunt sahen ihn alle Beteiligten an und Saskia fragte: »Warum? Ich gehe doch sonst nicht zu Befragungen mit.«

»Darum«, antwortete Rudi knapp. »Hier gibt es noch einiges zu tun und ich möchte, dass Alex sich um ein paar liegengebliebene Fälle kümmert. Luisa, bitte setze dich mit dem Gerichtsmediziner in Verbindung.« Als er Luisas Gesicht sah, meinte er: »Von mir aus, kann das auch Alex machen, ist mir egal.« Er nickte Saskia kurz zu. »Und wir zwei Hübschen gehen jetzt.« Draußen angekommen, setzten sie sich zunächst schweigend in Rudis Opel. Nachdem sie Schömberg hinter sich gelassen hatten und durch Salmbach fuhren, unterbrach Rudi die Stille: »Du wunderst dich sicher, aber ich möchte Alex und Luisa ein bisschen Zeit geben, dass sie sich aneinander gewöhnen können. Diese ständige Frotzelei und Stichelei geht mir auf die Nerven.«

»Ja, Luisa ist nicht ganz einfach«, warf Saskia ein. »Aber Alex macht es ihr auch nicht gerade leicht.«

»Ob das mal gut geht.« Saskia sah nicht sehr überzeugt aus. Nachdenklich fuhren sie nach Büchenbronn, ohne sich weiterhin zu unterhalten.

Nachdem auch Alex und Luisa mit Kaffee trinken fertig waren, erhob sich Alex, um im Gemeinschaftsbüro zu telefonieren. Zuvor stellte er sich mit dem Rücken zur Tür an seinen Schreibtisch, um einige Papiere zu ordnen. Tief in Gedanken versunken, bemerkte er nicht, wie Luisa ihm gefolgt war. Es nervte ihn immer mehr, wie sich seine Kollegin ihm gegenüber verhielt. Wüsste er es nicht besser, würde er glauben, sie provoziere ihn nur, weil sie scharf auf ihn war. Aber das konnte er sich dann wiederum doch nicht so richtig vorstellen. Vor seiner Beziehung mit Lea hätte er nichts unversucht gelassen, Luisa ins Bett zu bekommen, so wie sie aussah. Aber nun war er glücklich mit seiner Lebensgefährtin und ihrem gemeinsamen Kind. Deshalb hoffte er nur, endlich eine Basis zu finden, wie seine Kollegin und er miteinander arbeiten konnten ohne diese ständigen Sticheleien. Erschrocken fuhr er herum, als er eine Hand auf seiner Schulter spürte. Luisa war an ihn herangetreten, war mit seinem Gesicht ganz nah an seinem Kopf und flüsterte ihm ins Ohr: »Hey Alex, könntest du nicht ein bisschen netter zu mir sein.«

Erschrocken fuhr er herum. Sein Gesicht war nur wenige Zentimeter von dem ihren entfernt. Und was selten vorkam, er war sprachlos. Gerade wollte Alex, nachdem er sich wieder gefangen hatte, etwas erwidern, als die Tür aufgerissen wurde und Lea mit den Worten eintrat: »Hi Alex, ich wollte mal schauen, was ihr denn hier so treibt.« Die weiteren Worte blieben ihr im Halse stecken. Das Bild, das sich ihr bot, war für sie eindeutig. Lea machte auf dem Absatz kehrt und rannte, als wäre der Teufel hinter ihr her, hinaus auf die Straße. Als Alex, der ihr hinterhergerannt war, draußen ankam, war sie schon verschwunden.

...

Barbara Rapp öffnete ihre Haustür und schaute erstaunt auf die zwei Personen, die geklingelt hatten.

»Guten Tag Frau Rapp, Kripo Schömberg. Mein Name ist Rudolf Engel und das ist meine Kollegin......«

»Saskia Eberhard«, beendete Saskia selbst die Vorstellung.

»Wir ermitteln im Fall Bender und haben ein paar Fragen an Sie«, übernahm Rudi wieder das Wort.

Mit überraschtem Gesichtsausdruck bat Frau Rapp die Polizeibeamten herein und begrüßte die beiden mit Handschlag. »Kommen Sie doch bitte mit.«

Barbara ging voran. Saskia und Rudi folgten ihr ins Wohnzimmer.

Die Sekretärin sah sich beeindruckt um. Sie bewunderte die geschmackvolle Einrichtung. Die Couchgarnitur war aus hellem, weichem Leder, ebenso die Esstischstühle. Auf hellen Bodenfliesen befanden sich vereinzelte flauschige Teppiche, die sehr teuer aussahen.

»Setzen Sie sich doch«, wurde Saskia aus ihren Gedanken gerissen. Barbara deutete auf den dunklen massiven Holztisch, der sich im Essbereich befand. Nachdem alle Platz genommen hatten, fragte Rudi ohne große Umschweife: »Frau Rapp, Sie sind mit Dagmar Schneider befreundet und waren es ebenfalls mit Hanna Bender?« Ohne eine Antwort abzuwarten, fuhr er fort: »Es wundert uns etwas, dass die beiden das überhaupt nicht erwähnt haben. Haben Sie dafür eine Erklärung?«

Nach einer kurzen Denkpause antwortete Barbara: »Das ist in der Tat seltsam, denn wir waren dauernd zusammen. Nein, das kann ich mir wirklich nicht erklären.« Sie schüttelte zur Bekräftigung ihren Kopf so heftig, dass ein paar Strähnen ihrer blondgefärbten Haare in ihr Gesicht fielen. Plötzlich schluchzte sie auf und presste unter Tränen hervor: »Das ist alles so schrecklich. Haben Sie denn schon eine Ahnung, wer Hanna umgebracht haben könnte?«

»Nein, und auch nicht, wer ihren Mann auf dem Gewissen hat.«

»Ach so, natürlich, das muss ja der gleiche Mörder gewesen sein.«

»Wie kommen Sie darauf?«

Barbara schaute Rudi etwas verwirrt an und meinte zögernd: »So, wie mir ihr Sohn erzählt hat, wurden beide auf die gleiche Art und Weise getötet.«

»Das ist richtig, trotzdem wissen wir nicht, ob es sich um den gleichen Täter handelt. Es könnte auch ein Trittbrettfahrer gewesen sein.«

Gespannt verfolgte Saskia die Befragung. Schließlich war sie nur selten bei so etwas dabei.

»Frau Rapp, bitte sagen Sie uns alles, was Ihnen in letzter Zeit seltsam vorgekommen ist. Jede Kleinigkeit kann wichtig sein.«

»Mir ist aber leider überhaupt nichts Ungewöhnliches aufgefallen«, erwiderte Barbara verzweifelt. Sie sah aus, als ob sie kurz vor einem Nervenzusammenbruch stehen würde.

Deshalb erhob sich Rudi nun und meinte: »Wir lassen Sie jetzt auch schon wieder in Ruhe. Sie können sich jederzeit an uns wenden, wenn Ihnen noch etwas einfällt. Aber Sie müssen uns noch sagen, wo Sie sich in der Nacht von Donnerstag auf Freitag aufgehalten haben. Das ist reine Routine«, fügte er noch hinzu, als er Barbaras entsetztes Gesicht sah.

»Ach so, natürlich. Ich war hier zu Hause, ganz alleine.«

»Ich denke, Sie hatten etwas vor, so sagte mir das Ihre Freundin. Sie meinte, sonst wären Sie auch beim regelmäßigen Treffen dabei gewesen.« Gespannt wartete Rudi auf die Antwort. Barbara schien kurz nachzudenken. »Ja, eigentlich wollte ich ins Kino gehen, aber ich habe es mir dann anders überlegt.«

»Und mit wem wollten Sie das tun?«

Jetzt wurde Barbara doch etwas ungehalten. »Was spielt das für eine Rolle? Was hat das denn mit dem Mord an Hanna zu tun?« Und schon fing sie wieder an zu weinen.

»Frau Rapp, jetzt beruhigen Sie sich doch mal. Das wissen wir nicht. Wahrscheinlich gar nichts. Das sind Routinefragen. Wir ermitteln eben in alle Richtungen.«

Nachdem sie sich wieder gefangen hatte, meinte sie: »Also gut, ich gebe zu, es war nur eine Ausrede. Ich hatte einfach an diesem Abend keine Lust auf ein Treffen mit meinen Freundinnen.« Trotzig schob Barbara ihre Unterlippe nach vorne. »Und nun muss ich Sie bitten zu gehen, ich bin im Moment nicht sehr belastbar, was Sie sicher verstehen werden.«

Rudi wandte sich an Saskia: »Komm wir gehen.« Zu Frau Rapp sagte er: »Es kann allerdings sein, dass wir noch weitere Fragen an Sie haben und ein anderes Mal wiederkommen werden.«

Als die beiden sich ins Auto gesetzt hatten, meinte die Sekretärin: »Also, diese Frau erscheint mir sehr verdächtig. Bestimmt hat sie das Ehepaar Bender auf dem Gewissen.«

Belustigt schaute Rudi Saskia an und erwiderte: »Ich glaube, du schaust dir zu viele Krimis an.«

»Haha.« Leicht beleidigt schwieg Saskia auf der Fahrt zurück nach Schömberg.

...

Als Rudi am nächsten Morgen um 7:30 Uhr im Revier ankam, war außer Alex noch niemand anwesend. Dieser erwartete ihn im Gemeinschaftsbüro. »Wie siehst du denn aus? Was ist los? Hast du die Nacht durchgemacht?«, fragte Rudi und schaute seinen Kollegen skeptisch an. Alex erhob seinen Kopf und erwiderte, während er sich die Augen rieb: »Ich habe Stress mit Lea und das alles wegen dieser Luisa.«

»Was? Wieso das denn?«

»Du wirst es nicht glauben, die hat sich gestern an mich rangemacht.«

Rudi schaute ihn an, als ob er den Verstand verloren hätte und meinte: »Das bildest du dir sicher nur ein.«

Empört fragte Alex: »Du glaubst mir also nicht?«

»Nun ja, ich kann es mir ehrlich gesagt nicht so richtig vorstellen.«

»Wäre im Grunde auch nicht so schlimm, ich kann mich schließlich wehren. Das Dumme war nur, dass in diesem Moment, wo sie mich abknutschen wollte, Lea den Raum betrat.« Alex hatte sich wieder etwas beruhigt, da er es seinem Chef wahrscheinlich auch nicht geglaubt hätte, wenn dieser ihm so eine Geschichte erzählt hätte.

Fassungslos schaute Rudi ihn an und meinte: »Was, Lea war hier?«

Resigniert stützte Alex das Gesicht auf seine Hände. »Ja, und ob du es glaubst oder nicht, ich konnte überhaupt nichts für diese Situation. Hier stand ich, als Luisa ganz nah an mich herangetreten war. Keine Ahnung, was sie wollte? Sie meinte, ich könnte etwas netter zu ihr sein. In diesem Moment kam Lea herein.«

»Du sollst netter zu ihr sein? Wie meinte sie das denn? Vielleicht hast du das Ganze auch falsch interpretiert und....«

Alex sah seinen Chef ärgerlich an und erwiderte: »Meinst du denn, ich spinne?«

»Nein, natürlich nicht«, beschwichtigte ihn dieser.

»Wenn ich das so genau wüsste. Ich denke, sie beabsichtigte mich zu küssen. Aber ich bin mir nicht im Klaren darüber geworden, ob Luisa das tatsächlich tun wollte, weil in diesem Moment schon Lea hereinplatzte«, musste Alex nachdenklich eingestehen.

»Ach du Scheiße«, meinte Rudi nun doch. »Ich dachte immer, sie mag dich nicht«, grinste er aber trotzdem.

»Ich weiß auch nicht, ob sie mich provozieren und das Leben schwermachen wollte oder ob sie tatsächlich etwas anderes erwartet hatte.«

Kopfschüttelnd verließ Rudi den Raum. Solche Zickereien und Problemchen fehlten ihm gerade noch. Er machte aber noch einmal kehrt, um Alex mitzuteilen, dass heute Nachmittag um 14 Uhr eine Pressekonferenz stattfinden würde. Nach einem zweiten Mord ließ sich das nicht mehr verhindern. Kriminaldirektor Rauschmayer hatte auch schon wieder angefangen täglich nachzufragen, ob sie den Mörder denn schon gefunden hätten. Bei Lea ging das schon am dritten Tag einer Ermittlung los, ihm ließ er wenigstens etwas länger Zeit.

Rudi ging in sein Büro. Als Inspektionsleiter hatte er natürlich sein eigenes. Beim Hinausgehen rief er Alex noch zu, dass um 8 Uhr wie immer die Besprechung im Besprechungsraum stattfinden würde. Wenn bis dahin hoffentlich alle da sind«, fügte er noch leicht genervt hinzu.

Schließlich war es 8.15 Uhr, bis alle einschließlich der Sekretärin im Besprechungszimmer versammelt waren. Aber Rudi hielt sich zurück und beschwerte sich nicht, er wollte nur endlich mit der Besprechung beginnen und ging an die Kopfseite des Tisches. Mit dem Rücken zur Magnettafel begann er zu berichten: »Also, wir haben zwei Tote, das Ehepaar Bender. Die beiden wurden auf die gleiche Weise ermordet. Herr Bender in seinem Auto. Erstaunlicherweise sah es so aus, als ob er sich nicht gewehrt hätte. Bender muss also überrascht worden sein. Was hatte er aber dort um diese Zeit zu suchen? Das ist die Frage. Hat er seinen Mörder überhaupt nicht bemerkt? Es gab keine Kampfspuren. Der Todeszeitpunkt konnte eingegrenzt werden auf 22 bis 23 Uhr. Das hat Balbach uns schon mitgeteilt.« Rudi machte eine kurze Pause, als ob er nachdenken würde und fuhr dann fort: »Frau Bender hingegen wurde zu Hause, ebenfalls mit einem Kabelbinder, erwürgt. Bei Herrn Bender hat man DNA-Spuren gefunden, die noch nicht zugeordnet werden konnten. Von Frau Bender haben wir das Ergebnis noch nicht. Das bringt uns der Gerichtsmediziner ja persönlich vorbei.« Rudi konnte es nun doch nicht verhindern, Luisa mit einem leichten Lächeln anzublicken. Alex sagte gar nichts, ihm war das Lachen vergangen und Luisa ignorierte es vollkommen. Außerdem benahm sie sich Alex gegenüber, als sei nichts geschehen.

Rudi fuhr fort: »Befragt haben wir bis jetzt den Jugendfreund von Harald Bender und die beiden Freundinnen von seiner Frau. Dabei hat sich nichts Nennenswertes ergeben. Seltsam war jedoch, dass von einer Barbara Rapp bis gestern nicht die Rede gewesen war. Weder hat Frau Bender, noch Frau Schneider, in irgendeiner Art und Weise die dritte Freundin erwähnt. Und das, obwohl sie sich ständig getroffen haben.

Das erscheint mir etwas seltsam, wobei ich es jetzt nicht unbedingt mit dem Mord in Verbindung bringen möchte. Dagmar Schneider selbst hat sich auch etwas seltsam verhalten, finde ich. Als ob sie irgendetwas zu verbergen hätte. Die Frage ist nur, was? Ich denke, wir müssen da noch mal nachhaken. Der nächste Schritt wäre jetzt, die Nachbarn zu befragen, und das werdet ihr, Luisa und Alex, heute erledigen. Ich bleibe so lange hier und versuche, den Kopf klar zu bekommen. Vielleicht fällt mir ja noch etwas ein, was ich bis jetzt übersehen habe.« Mit diesen Worten erhob sich Rudi und verließ ohne weitere Worte den Raum. Er war sichtlich genervt und hatte die Nase voll von den kleinen privaten Problemchen seiner Mitarbeiter.

Nachdem Rudi den Raum verlassen hatte, schauten Alex und Saskia sich fassungslos an. So kannten sie ihren Chef überhaupt nicht. Nur Luisa tat so, als ob sie das Ganze nichts anginge.

...

Alex und Luisa machten sich auf den Weg, um die weiteren Nachbarn des Ehepaars Bender zu befragen. Auf der Fahrt dorthin herrschte zunächst einmal eine etwas unangenehme Stille, bis schließlich Alex das Schweigen unterbrach: »Was sollte das vorgestern eigentlich?«

»Ich weiß nicht, wovon du redest«, antwortete Luisa.

»Du weißt ganz genau, von was ich rede.«

»Ja, ich kann es mir denken, aber ich weiß nicht, was für ein Problem du hast. Ich wollte nur einmal in Ruhe mit dir sprechen.«

»Das kam bei mir aber etwas anders an.«

»Jetzt bilde dir bloß nichts ein. Nun, ja, wir kommen zwar nicht so gut miteinander aus, was die Arbeit angeht, aber du gefällst mir und ich könnte mir schon vorstellen, dass man das etwas ändern könnte.«

Entsetzt schaute Alex seine Kollegin an. Fast wäre er rechts in den Graben gefahren. Nachdem er das Fahrzeug wieder in die richtige Spur gebracht hatte, entgegnete er: »Das kannst du dir gleich mal aus dem Kopf schlagen. Ich habe eine glückliche Beziehung mit Lea und das soll auch so bleiben.«

»Ist ja schon gut. Habe es kapiert. Wie gesagt, bilde dir bloß nichts darauf ein. Ich wollte nur unser Arbeitsverhältnis ein bisschen verbessern.«

Kopfschüttelnd fuhr Alex weiter und sagte nichts mehr. Weiterhin schweigend parkte er vor Benders Haus, das nur ein paar Straßen vom Revier entfernt war. Sie klingelten zwei Häuser weiter. Auf dem Namensschild stand „Kasper" und nach kurzer Zeit wurde die Tür von einer Frau um die vierzig geöffnet. Diese machte einen freundlichen, gepflegten Eindruck und bat die beiden einzutreten. Nachdem sie den Polizeibeamten etwas zu trinken angeboten und diese abgelehnt hatten, saßen sie nun im sehr behaglich eingerichteten Wohnzimmer. Alex fragte direkt, ob Frau Kasper irgendetwas zu dem toten Ehepaar sagen könne. Diese meinte:»Wir haben wenig Kontakt gehabt in den letzten Jahren. Herr Bender war kein angenehmer Mensch und seine Frau hat man wenig zu Gesicht bekommen. Deshalb gab es da nicht viele Gespräche. Ich glaube, sie hatten auch fast nie Besuch. Der Sohn kam natürlich öfters, aber ansonsten niemand.« Frau Kasper schüttelte zur Bekräftigung den Kopf.»Ja, früher war das mal anders gewesen, da kam auch regelmäßig ein Kindermädchen, um auf den Sohn aufzupassen. So konnten die Benders auch etwas unternehmen. In den letzten Jahren aber konnte die Frau einem nur leidtun. Ihr Mann wurde immer unleidlicher und man hat sie fast nie zusammen gesehen.«

»Das Kindermädchen«, mischte sich Luisa nun ein. »Wissen Sie ihren Namen?«

»Ja, aber das ist mindestens zehn Jahre her. Lassen Sie mich mal überlegen, der Sohn war damals vielleicht zehn und jetzt ist er ungefähr 20 Jahre alt. Also zehn Jahre ist es mindestens her. Ich kannte die Eltern damals flüchtig. Julia Sommer glaube ich, ja doch, Sommer war der Name.«

»Wissen Sie, wo Frau Sommer heute wohnt?«

»Nein, nicht genau, aber ich habe sie vor Kurzem, nein, das war doch vor längerer Zeit, im Ort beim Einkaufen gesehen. Sie hat damals bei ihren Eltern gewohnt, die auf jeden Fall immer noch in Schömberg wohnen. Und zwar ganz am Anfang, wenn man von Langenbrand kommt rechts und dann ein paar Straßen weiter. Ich weiß nicht genau, wie die Straße heißt.«

Alex nahm wieder den Faden auf und fragte: »Gibt es sonst noch irgendjemanden, mit dem das Ehepaar damals häufig Kontakt hatte?«

»Hmm«, überlegte Frau Kasper. »Früher kamen schon mehrere Leute zu Besuch. Ja, da fällt mir ein, dass zwei Freundinnen von Frau Bender nach wie vor noch regelmäßig vorbeigekommen sind. Ansonsten gab es da noch einen Freund von Herrn Bender. Den habe ich aber schon ewig nicht mehr gesehen. Aber das war es dann auch schon.«

»Gut, Sie haben uns sehr geholfen.«

Alex und Luisa erhoben sich und Luisa sagte: »Sollte Ihnen noch irgendetwas einfallen, bitte ich Sie, sich an uns zu wenden. Jeder Hinweis kann wichtig sein.«

»Ja, natürlich«, antworte Frau Kasper. »Es ist sowieso ein schrecklicher Gedanke, was da mit dem Ehepaar passiert ist und das ganz in unserer Nähe. Ich traue mich im Dunkeln kaum noch aus dem Haus. Nur zusammen mit meinem Mann mache ich abends noch einen Spaziergang. Alleine gehe ich im Dunkeln nicht mehr fort. Zudem schließe ich hier zu Hause immer alle Türen gut zu.«

»Ich glaube nicht, dass Ihnen Gefahr droht, aber es ist natürlich kein Fehler, wenn man vorsichtig ist«, beruhigte Alex die sympathische Frau.

Nachdem sie sich verabschiedet hatten, fuhren die beiden zum Revier zurück.

...

Es war Nachmittag und Rudi hatte noch einmal alle zu einer Besprechung zusammengerufen. Sie hatten es sich dieses Mal im Aufenthaltsraum mit einer Tasse Kaffee bequem gemacht. Rudi fragte: »Was hat die Befragung der Nachbarn ergeben?« Fragend schaute er seine Kollegen an.

»Wir haben leider nur eine angetroffen«, antwortete Alex. »Und zwar die Frau Kasper. Diese erzählte uns, dass früher, also vor über zehn Jahren, immer ein Kindermädchen gekommen wäre, um auf den Sohn aufzupassen, damit das Ehepaar auch mal ausgehen konnte. Ansonsten hatte sie nichts Neues zu erzählen. Nur, dass die beiden Freundinnen von Frau Bender regelmäßig zu Besuch kamen und den Jugendfreund von Herrn Bender hat sie auch ab und zu gesehen. Mehr konnte sie leider nicht berichten.«

»Okay, das ist ja schon mal was. Habt ihr den Namen des Kindermädchens?«

»Ja«, antwortete Luisa. »Es handelt sich dabei um eine Julia Sommer. Damals hieß sie auf jeden Fall so. Sie wohnte noch bei ihren Eltern. Frau Kasper vermutet, dass sie immer noch in Schömberg wohnt, da sie die junge Frau vor ein paar Wochen dort gesehen habe.«

»Okay.« Rudi wandte sich an die Sekretärin: »Saskia, bitte finde heraus, wo Julia Sommer oder wie sonst sie jetzt heißen mag, wohnt. Und die Adresse der Eltern brauche ich ebenfalls. Das ist dann der nächste Schritt. Da werde ich heute noch selbst hingehen.«

Saskia verließ den Raum, um sich gleich um diese Angelegenheit zu kümmern. Alex und Luisa begaben sich ins Gemeinschaftsbüro. Dort gab es noch einiges an liegengebliebenem Papierkram, der erledigt werden musste. Keiner knüpfte mehr an dem vorherigen Gespräch an. Schweigend arbeitete jeder vor sich hin. Rudi blieb noch eine Weile im Aufenthaltsraum sitzen, nippte ab und zu an seinem Kaffee und grübelte über den verzwickten Fall nach.

...

Als Alex nach Hause kam, traute er seinen Augen nicht. Der Esstisch war festlich gedeckt und Lea kam ihm entgegen, in einem schwarzen Minikleidchen, das sehr sexy aussah. Bei ihm angekommen, schlang sie ihre Arme um seinen Hals, schmiegte sich an ihn und meinte: »Du, Alex, es tut mir leid, dass ich dir nicht getraut habe. Im Grunde weiß ich, dass du mich nicht betrügen würdest, aber ich hatte gestern so einen blöden Tag. Dazu kam noch, dass ich ausnahmsweise am Sonntag arbeiten musste und eine Babysitterin brauchte. Mit meinen neuen Kollegen muss ich mich auch erst zusammenraufen. Außerdem hat an diesem Tag irgendwie überhaupt nichts geklappt. Dann wollte ich nur noch zu euch aufs Revier und das Bild, dass sich mir dort bot, mit dir und Luisa, hat mir den Rest gegeben.«

Alex drückte Lea fest an sich und meinte: »Das kann ich verstehen, ich war selbst vollkommen überrumpelt, als ich bemerkt hatte, dass Luisa so nah bei mir stand. Und auf einmal warst du dann plötzlich da. Ich wusste überhaupt nicht, wie mir geschah. Bis jetzt weiß ich noch nicht, was Luisa damit bezweckt hatte. Sie meinte, ich sollte doch etwas netter zu ihr sein und…..«

»Das ist doch auch vollkommen unwichtig«, unterbrach Lea ihn.

»Nein, ist es nicht. Ich grübele die ganze Zeit darüber nach. Unser Arbeitsverhältnis ist durch ihre komische, spitze Art etwas schwierig und nun kommt sie noch so daher und bringt alles durcheinander. Das kann es doch nicht sein. Du musst mir glauben, dass ich überhaupt keine Absichten in Bezug auf Luisa habe.«

»Aber das tue ich doch.« Lea knabberte an seinem Ohrläppchen und flüsterte ihm ins Ohr: »Unsere Clara schläft schon tief und fest und das Essen wird nicht kalt. Was meinst du? Wir könnten die Zeit auch anders nutzen.«

Alex ging sofort darauf ein, drückte sich fest an Lea und drängte sie mit langsamen Schritten zur Treppe, die hinauf ins Schlafzimmer führte.

...

Barbara Rapp und Dagmar Schneider saßen zusammen in Pforzheim in ihrer Lieblingspizzeria. Sie hatten sich auf Barbaras Wunsch verabredet. Dagmar hatte sich eine Pizza bestellt, Barbara dagegen war der Appetit vergangen. Sie fragte ihre Freundin in etwas barschem Tonfall: »Warum hast du mich überhaupt bei der Polizei erwähnt? Das wäre doch nicht notwendig gewesen.«

»Natürlich war das notwendig. Die haben schließlich nach meinem Freundeskreis gefragt, ich meine, nach dem von Hanna, also von unserem«, druckste Dagmar herum. »Ich weiß gar nicht, wo dein Problem ist? Das sind doch alles nur Routinefragen. Komisch wäre es gewesen, wenn ich deinen Namen nicht erwähnt hätte und sie wären dann irgendwann draufgekommen, dass wir uns regelmäßig getroffen haben.«

Widerwillig musste Barbara ihrer Freundin zustimmen.

»Was meinst du?«, meinte nun Dagmar. »Sind wir auch in Gefahr? Meinst du, der Mörder von Hanna könnte es auch auf uns abgesehen haben?«

»So ein Blödsinn. Wie kommst du denn darauf?«

»Ich weiß nicht. Ich habe so ein komisches Gefühl. Du hattest doch auch Angst. Schon vergessen? Wer kann das nur gewesen sein? Ich verstehe das nicht. Mit Kabelbinder, stell dir das mal vor. Das gibt es doch gar nicht.«

Barbara nickte. Inzwischen sah sie selbst ganz blass aus und erwiderte: »Ich habe meinen Verstand eingeschaltet und mir gesagt, dass für meine Angst kein Grund besteht. Aber du bringst es fertig, dass ich mir schon wieder Gedanken mache.«

Die Bedienung kam, um die Pizza zu bringen. Inzwischen war aber auch Dagmars Appetit vergangen. Schließlich aßen die beiden schweigend jeder die Hälfte. Dagmar unterbrach nach einer Weile das Schweigen: »Jetzt hätte Hanna so schöne Jahre haben können und nun so etwas.«

»Ja, ich vermisse sie auch fürchterlich.«, stimmte Barbara ihrer Freundin zu. »Ich glaube zwar nicht, dass wir in Gefahr sind, aber lass uns trotzdem in nächster Zeit vorsichtig sein. Mach nie die Tür auf, wenn es bei dir klingelt, vor allem, wenn du nicht genau weißt, wer es ist. Am besten, wir lassen uns Sicherheitsschlösser anbringen.«

Erschrocken schaute Dagmar sie an und erwiderte: »Meinst du, das ist nötig? Kann ich vielleicht eine Weile bei dir wohnen? Da würde ich mich doch sicherer fühlen. Du nicht?«

Barbara nickte zustimmend und antwortete: »Das ist vielleicht gar keine schlechte Idee. Wir fahren jetzt zu dir, holen ein paar Sachen und machen uns dann bei mir einen gemütlichen Abend und besprechen alles Weitere.«

...

Katja und Rudi schlenderten in Oberlengenhardt die Zollernstraße entlang. Sie hatten sich vorgenommen, auch unter der Woche ab und zu einen Abendspaziergang zu machen. Die beiden zog es immer wieder an diesen Ort zurück, wo Rudi seine Singlewohnung gehabt hatte.

Das Paar wollte dort, irgendwann einmal, nach einem Bauplatz oder einem Häuschen Ausschau halten.

Plötzlich sagte Katja: »Schau mal.« Sie deutete auf eine Wiese. »Da könnte mal unser Haus stehen. Das ist bestimmt ein Bauplatz, den man erwerben kann. Hey!« Sie knuffte ihrem Lebensgefährten in die Seite. »Du hörst mir ja gar nicht zu. Wo bist du denn mit deinen Gedanken?«

»Was hast du gesagt? Ja, ich bin mal wieder mit dem Fall beschäftigt. Entschuldige.« Rudi machte ein zerknirschtes Gesicht. »Ich hatte gerade eine Idee, aber erst du! Was wolltest du sagen?«

Resigniert verzog Katja das Gesicht und meinte: »Nicht wichtig. Das hat Zeit. Nun sag du, was geht dir durch den Kopf?«

»Ich würde gerne zum Tatort gehen. Wir sind ja ganz in der Nähe. Aber nur, wenn es dir nichts ausmacht. Es lässt mir keine Ruhe. Ich weiß, ich sollte nicht auch noch abends arbeiten, aber es hätte auch sein können, dass ich heute gar keinen Feierabend bekomme«, versuchte Rudi sich zu rechtfertigen.

»Kein Problem«, unterbrach ihn Katja. »Ist doch egal, wo wir spazieren gehen.«

Deshalb gingen sie bis ans Ende der Zollernstraße und anstatt rechts Richtung Wald zu laufen, bogen sie an der Kirche links ab, in die Johannesstraße, um dann auf der Hauptstraße langsam wieder zurückzugehen. Am Ende angekommen, mussten sie rechts in den Lengenbachweg abbiegen, um schließlich zum Mausbachtal zu gelangen. Keine 20 Minuten später waren sie am Tatort.

Gedankenverloren lief Rudi ein paar Schritte auf und ab und dachte nach. Katja dagegen genoss die Idylle der Natur. Nach einer Weile meinte Rudi nachdenklich: »Warum fährt man hier spät abends hin? Ich kann mir nur einen Grund vorstellen, nämlich ein Rendezvous.«

»Ja«, pflichtete Katja ihm bei. »Einen anderen Grund wüsste ich auch nicht. Wobei letzten Donnerstag nicht gerade das beste Wetter dafür gewesen ist.«

»Stimmt, aber wenn es vielleicht eine geheime Liebesbeziehung war, dann würde das Sinn machen.«

»Du hast recht.«

»Und das würde auch erklären, warum es keine Kampfspuren gab. Herr Bender muss total überrumpelt worden sein.«

»Aber seltsam ist es schon«, gab Katja zu bedenken. »Er wurde ja, wie du mir erzählt hast, von hinten mit dem Kabelbinder erwürgt. Normalerweise müsste aber die Geliebte ja neben ihm gesessen haben und nicht hinter ihm.«

»Stimmt, trotzdem müssen wir weiterhin in seinem Freundeskreis forschen, vor allem, was Frauen angeht.«

»Ja, aber diese Frau muss ja nicht aus seinem Freundeskreis stammen. Eher vielleicht jemand Fremdes, würde ich sagen.«

Nachdenklich schaute Rudi seine Lebensgefährtin an und meinte: »Hm, auf jeden Fall müssen wir da dranbleiben. Aber jetzt beschäftigen wir uns wieder mit etwas anderem.« Er nahm seine Katja in den Arm, küsste sie auf die Nasenspitze und meinte: »Lass uns noch ein bisschen laufen.«

...

Julia starrte mit schreckgeweiteten Augen zur Tür. Der Mistkerl betrat den Raum und kam direkt auf sie zu. Sie rückte weiter nach hinten, bis sie mit dem Rücken an der Wand anstieß. Nun war er schon am Fußende des Bettes und schaute ihr mit blutunterlaufenen Augen gierig in den Ausschnitt. Der Speichel tropfte ihm aus den Mundwinkeln. Julia war nahe daran, sich zu übergeben. Der Kerl war so fett, dass alles an ihm schwabbelte. Sie konnte sich nicht erinnern, dass er gestern auch schon so dick gewesen war. Er beugte sich zu ihr herab, sein Gesicht war dem ihren ganz nahe. Sie roch seinen Mundgeruch. Er grabschte nach ihrer Brust und fasste ihr gleichzeitig in den Schritt. Gleich würde sie ohnmächtig werden.

Plötzlich erwachte Julia und stellte fest, dass sie schweißgebadet in ihrem Bett lag und nur geträumt hatte. Tiefe Erleichterung überkam sie. Nachdem sich ihr rasender Puls wieder etwas beruhigt hatte, schaute sie auf die Leuchtziffern ihres Weckers. Es war gerade mal 4 Uhr morgens. Was sollte sie tun? An Weiterschlafen war nicht mehr zu denken. Sie schaute neben sich. Da lag Robin und schlief tief und fest. Julia wollte nicht aufstehen und ihn dadurch wecken. Deshalb blieb sie ganz ruhig liegen und dachte nach. So konnte es nicht weitergehen. So viele Jahre waren nun schon vergangen, aber alles wurde nur noch schlimmer. Etwas musste geschehen, sonst würde auch noch die Beziehung mit ihrem Freund daran zerbrechen. Und was hatte überhaupt dieser Traum zu bedeuten, schließlich hatte sich der Mistkerl nie an ihr vergriffen, sondern sich immer mit Anspielungen begnügt. Und doch hatte er ihr vier Wochen lang Schlimmes angetan, indem er ihr die Freiheit genommen und sie in diesem Kellerloch eingesperrt hatte. Julia fasste einen Entschluss. Sie würde zu ihm gehen. Ja, sie würde in dieses verdammte Haus gehen und mit dem Dreckskerl reden. Sie musste sich mit der Vergangenheit konfrontieren. Vielleicht würde ihr das helfen, endlich diese Panikattacken loszuwerden. Dazu musste sie allerdings eine ordentliche Dosis ihrer angstlösenden Tabletten schlucken. Schließlich konnte sie momentan nicht einmal mit diesem Medikament das Haus verlassen. Danach würde sie dann hoffentlich endgültig mit dieser Sache abschließen können. Keinem Menschen würde sie davon erzählen. Das musste sie vollkommen alleine bewältigen.

...

Rudi hatte Luisa gebeten, ihn zur Befragung von Julia Sommer zu begleiten. Saskia hatte die Adresse herausgefunden. Nun standen die beiden, nachdem sie geklingelt hatten, am Eingang des Dreifamilienhauses und wollten gerade wieder gehen, als Julia Sommer doch noch die Tür öffnete. Sie schauten in das blasse Gesicht einer sonst recht attraktiven Frau.

»Was kann ich für Sie tun?« fragte sie zögerlich.

»Kripo Schömberg, mein Name ist Rudolf Engel und das ist meine Kollegin Luisa Rau«, übernahm Rudi die Vorstellung. »Wir hätten ein paar Fragen. Dürfen wir bitte hereinkommen?«

Julia wich keinen Schritt zurück. Wie angewurzelt blieb sie im Türrahmen stehen. Es schien gerade so, als hätte sie Angst, jemanden in die Wohnung zu lassen. Deshalb hielt Rudi ihr noch einmal seinen Ausweis hin und erklärte, dass es sich um die Zeit von damals handle, als sie als Kindermädchen bei Familie Bender gearbeitet hatte. Nun wich auch noch der Rest ihrer Farbe aus dem Gesicht. Sie war leichenblass und fing an zu zittern. Luisa reagierte sofort und fasste sie vorsichtig am Arm.

»Geht es Ihnen nicht gut? Gehen wir lieber hinein und Sie setzen sich besser hin.«

Widerstandslos ließ Julia sich nun in die Küche geleiten und auf die nächstbeste Sitzgelegenheit fallen. Luisa zog sich einen Stuhl nah an sie heran und nahm ebenfalls Platz. Rudi war froh, seine Kollegin mitgenommen zu haben. Er wäre in dieser Situation etwas überfordert gewesen, denn wahrscheinlich hätte Julia ihn als Mann, so wie er die Sache einschätzte, überhaupt nicht alleine hereingelassen. Nun räusperte sie sich: »Danke, mir geht es heute schon den ganzen Tag nicht gut. Mein Kreislauf macht mir Probleme.«

»Ach so«, meinte Luisa. »Ich dachte schon, es hätte mit damals zu tun.«

»Nein, nein«, antwortete Julia etwas zu schnell, nachdem sie sich wieder gefasst hatte. »Überhaupt nicht. Was möchten Sie denn wissen?«

»Sie haben also damals bei Familie Bender gearbeitet?«

»Ja, das habe ich. Vielleicht zwei Jahre lang. Ich brauchte das Geld und habe auf den Thorsten aufgepasst. Das war auch kein Problem, er war so ein liebes Kind.«

»Wann war das genau?«

»Das war vor 12 Jahren«, antwortete Julia knapp.

»Können Sie uns Ihren Eindruck schildern? Um was für Menschen handelte es sich bei dem Ehepaar?«

»Was meinen Sie?«, fragte Julia verstört.

»Ich weiß nicht, ob sie es schon gehört haben. Herr Bender wurde ermordet und seine Frau ebenfalls.«

Mit großen Augen schaute die junge Frau Luisa an und erwiderte: »Ja, ich habe davon gehört, allerdings nicht, dass Frau Bender auch ermordet wurde. Das ist ja entsetzlich. Wissen Sie denn schon, wer das getan hat?«

»Nein, aber das versuchen wir gerade herauszufinden. Können Sie sich vorstellen, dass das Ehepaar damals Feinde hatte?«

»Nein, eigentlich nicht.«

»Oder ist Ihnen irgendetwas aufgefallen, das Ihnen seltsam vorkam?«

»Nein, natürlich nicht«, entgegnete Julia etwas barsch. »Was sollte mir denn aufgefallen sein? Außerdem, was soll das von damals mit heute zu tun haben?«

Nun mischte sich Rudi ein, der immer noch neben den beiden Frauen stand und sich bis jetzt zurückgehalten hatte, weil er bemerkte, dass Frau Sommer etwas Vertrauen zu seiner Kollegin gefasst hatte. »Wir müssen aber in alle Richtungen ermitteln und Sie sind eine der wenigen Personen, die die Familie kannte.«

»Ach so, nein, ich kann Ihnen dazu leider überhaupt nichts sagen.«

Frustriert verließen die Polizeibeamten die Wohnung. Dieses Gespräch hatte sie nicht viel weitergebracht. Luisa wandte sich an Rudi und meinte: »Ich bin mir nicht sicher, ob es ihr wirklich so schlecht ging oder ob sie unsere Fragen so durcheinandergebracht haben.«

»Ja«, antwortete ihr Chef nachdenklich. »Beides kann natürlich sein.«

In einträchtigem Schweigen fuhren die beiden zurück aufs Revier. Die paar Straßen hätten sie auch laufen können, aber die Macht der Gewohnheit hatte sie das Auto nehmen lassen.

...

Nachdem die Polizeibeamten gegangen waren, ließ sich Julia zunächst erschöpft im Wohnzimmer in den Sessel fallen. Sie barg das Gesicht in ihren Händen und murmelte verzweifelt vor sich hin: »Jetzt muss etwas passieren. Ich muss endlich mit der Vergangenheit abschließen können, damit diese Panikattacken ein Ende haben. Ich werde jetzt sofort eine Tablette schlucken und dann zu diesem Mistkerl gehen.«Von Angesicht zu Angesicht werde ich mit ihm sprechen. Warum er das damals getan hat? Warum er mitgemacht hat? Wie es dazu kommen konnte und wie er das Ganze heute sieht? Das alles möchte ich wissen. Vielleicht hat er sich auch geändert.« Sie musste das tun. Und zwar sofort. Vielleicht würde es ihr danach besser gehen. Niemandem würde sie von ihrem Vorhaben erzählen. Julia blieb noch ungefähr eine halbe Stunde, ohne sich zu rühren, auf dem gleichen Fleck sitzen. Dann erhob sie sich wie in Trance, ging in die Küche und schluckte gleich zwei Tabletten auf einmal. Der Arzt hatte ihr zwar gesagt, dass sie nur eine davon nehmen dürfe und das auch nicht jeden Tag, weil sie sonst davon abhängig würde, aber das spielte heute ausnahmsweise keine Rolle, tröstete sich Julia. Draußen angekommen, schaute sie weder nach rechts noch nach links und marschierte schnell los, da sie

Angst hatte, es sich noch einmal anders zu überlegen. Außerdem musste sie sich beeilen, sonst bestand die Gefahr, dass sie ihrem Freund in die Arme lief. Sie wollte ihn da heraushalten. Robin war ja sowieso nicht bereit, diesen Schritt mit ihr gemeinsam zu gehen, obwohl sie ihn schon so lange angefleht hatte, sie dorthin zu begleiten. Nun würde sie es eben alleine schaffen. Fünfzehn Minuten später stand Julia vor dem Haus. Sie zitterte und bekam trotz ihrer Tabletten Panik. »Ich darf einfach nicht weiter darüber nachdenken«, murmelte sie vor sich hin.

Entschlossen ging sie auf die Haustür zu und klingelte. Es dauerte nicht lange und die Tür wurde geöffnet. Julia stand dem Menschen gegenüber, den sie so sehr hasste. Derjenige allerdings, den sie am allermeisten hasste, der war schon tot.

»Wen haben wir denn da?«, rief der Mistkerl überrascht aus.

»Ich muss mit Ihnen sprechen«, stieß Julia hervor und drängte sich an ihm vorbei ins Haus hinein.

»Welch schöner Anblick. Ich freue mich, dich zu sehen. Und das auch noch freiwillig«, sagte er schwankend zwischen Sarkasmus und Verwunderung. »Was kann ich denn für dich tun? Möchtest du zurück in deinen Keller?« Nun lachte er höhnisch.

»Er ist eben nach wie vor doch noch ein Schwein, ein gemeiner Mensch«, dachte sie enttäuscht.

Die beiden standen in der Diele und Julia sprudelte hervor: »Warum haben Sie das damals getan? Warum haben Sie mich hier in diesem Haus festgehalten? Sie hatten doch mit der ganzen Sache nichts zu tun. Ihrem perversen Freund zuliebe? Oder hatten Sie vor, mich auch noch zu vergewaltigen?«

»Du möchtest Antworten? Na gut, die kannst du haben. In erster Linie habe ich es tatsächlich meinem Freund zuliebe getan. Damals hatte er mich allerdings tatsächlich vollkommen überrumpelt. Als du dann aber da unten in meinem Keller warst, wusste ich nicht mehr, wie ich aus der Sache rauskommen sollte, schließlich hatte ich mich als Mittäter strafbar gemacht. Man hätte mich wegen Freiheitsentzug ins Gefängnis gesteckt und dann habe ich mich an den Gedanken gewöhnt, ein so hübsches Mädchen im Keller zu haben.« Er grinste boshaft. Wie gebannt schaute Julia auf die Narbe, die sich direkt unter seinem linken Auge befand. Das musste von der Gabel sein, mit der sie damals zugestochen hatte. Plötzlich machte er einen Schritt auf sie zu, fasste sie grob mit einer Hand im Nacken und umschlang mit seinem anderen Arm fest ihren Körper, so dass Julia sich nicht mehr bewegen, geschweige denn wehren konnte und meinte: »Was wir damals nicht geschafft haben, können wir gerne nachholen. Außerdem hast du mich damals verletzt. Das gehört bestraft. Findest du nicht?«

Julia versuchte, ihre Arme freizubekommen. Kurzfristig gelang es ihr auch und sie schlug dem Mistkerl mit ihren Fäusten auf die Brust, aber der umschloss ihren Körper mit seinem Arm wie mit einem Schraubstock und zog mit seiner freien Hand kräftig an ihren Haaren. Julia stieß einen schmerzhaften Schrei aus. Sie hatte mit ihren fünfzig Kilo keine Chance gegen die gewaltige Masse dieses fetten Kerls. Er schob sie die Treppe hinunter - Julia hatte es aufgegeben, sich zu wehren -, öffnete die verhasste Kellertür und stieß sie hinein.

...

Gedankenverloren parkte Robin sein Auto vor Julias Haus. Unterwegs war er zu dem Entschluss gekommen, dass er zu seiner Freundin ziehen würde. Da er sowieso die meiste Zeit bei ihr verbrachte und ihm klar geworden war, dass er trotz ihrer Probleme Julia über alles liebte. Mit dem Heiraten würde er noch warten, bis sie wirklich gesundheitlich stabil war. Aber er musste das jetzt mit ihr durchstehen.

Robin schloss die Tür auf - seinen Schlüssel hatte er inzwischen wieder von Julia bekommen - und rief: »Julia, wo bist du? Ich möchte etwas mit dir besprechen. Hallo.« Keine Antwort. Das war seltsam. Ein ungutes Gefühl beschlich ihn. Nachdem er die ganze Wohnung abgesucht hatte, wurde das unangenehme Gefühl stärker. Zuerst hatte er noch geglaubt, sie habe sich einen Spaß erlaubt, aber danach sah es nicht aus. Kurzentschlossen suchte er nach Ihrem Adressbuch, das sich im Flur in der obersten Schublade der Kommode befand und rief ihre Freundin Sabrina an. Zum Glück ging diese sogleich ans Telefon. Robin ließ sie überhaupt nicht zu Wort kommen. »Hallo Sabrina, weißt du vielleicht, wo Julia ist? Ist sie bei dir?«

»Nein«, antwortete Sabrina erstaunt. »Sie geht doch eigentlich gar nicht aus dem Haus oder hat sich daran was geändert?« Nach einer kurzen

Pause fuhr sie fort: »Weißt du, sie hat mir inzwischen die ganze Geschichte von damals erzählt. Ich weiß Bescheid, was passiert ist.«

Robin atmete erleichtert auf, so konnte er offen mit Julias Freundin sprechen und sie konnten sich die Sorge teilen. Er antwortete: »Das ist ja das Seltsame. Sie hat das Haus seit Wochen nicht mehr verlassen, außer mit dir zu eurem kurzen Spaziergang, wie sie mir gesagt hatte. Wo kann sie also nur sein? Ich habe Angst, dass sie, du weißt schon, zu diesem Kerl gegangen ist. Julia wollte die ganze Zeit, dass ich das mit ihr mache, weil sie sich damit konfrontieren wollte und ich Feigling habe das abgelehnt. Ich hoffe, sie hat das jetzt nicht alleine in Angriff genommen.«

»Aber dazu hat sie doch viel zu viel Angst«, entgegnete Sabrina. »Das kann ich mir nicht vorstellen.«

»Ich eigentlich auch nicht, aber ich habe so ein komisches Gefühl. Es war ihr so wichtig. Manchmal hatte sie solche Tage, genauer gesagt Stunden, in denen sie über sich hinausgewachsen ist. Aber jetzt machen wir mal die Pferde nicht scheu. Ich werde zunächst bei ihren Eltern anrufen.«

»Gut, mach das«, stimmte Sabrina ihm zu. »Ich werde in der Zwischenzeit versuchen, ihren Bruder zu erreichen.«

»Okay, wir hören uns dann später.«

114

»Alles klar. Tschüss, bis dann.«

...

Rudi wollte gerade die Besprechung beginnen, als Dr. Balbach den Raum betrat. Die Sekretärin hatte ihn vorausgeschickt und kam dann auch gleich hinterhergeeilt.

»Guten Tag zusammen«, begrüßte der Gerichtsmediziner das Team.

»Hallo, welche Ehre, der Herr Doktor persönlich«, konnte es sich Alex mal wieder nicht verkneifen, aber Rudi brachte ihn mit einer unwilligen Handbewegung zum Schweigen. »Die Lage ist zu ernst für dumme Sprüche«, zischte er seinem Kollegen leise zu.

Hans-Peter Balbach warf Luisa ein strahlendes Lächeln zu, das diese wider Erwarten erwiderte. Erstaunt schauten Saskia und Alex sich an. Woher kam dieser Sinneswandel?

Nachdem Hans-Peter Balbach neben Luisa Platz genommen hatte, begann er zu berichten: »Wir haben jetzt die Laborergebnisse. Es gibt jede Menge DNA-Spuren, die wir in Form von Hautschuppen, Fusseln und Haaren gefunden haben. Eine DNA ist bei Herrn und Frau Bender identisch.

Sie haben also mit derselben Person Kontakt gehabt. Der Todeszeitpunkt von Herrn Bender kann eingegrenzt werden, aber darüber habe ich Sie ja schon informiert. Seine Ehefrau wurde abends zwischen 18 Uhr und 19 Uhr ermordet. So, den Rest müssen Sie selbst erledigen.« Schon war er wieder ganz der Alte, arrogant wie immer. Obwohl Lea ihren Kollegen schon mehrfach erklärt hatte, dass er so eigentlich nicht wirklich wäre, glaubte zumindest Alex seiner Lebensgefährtin kein Wort.

Da Balbach nun keinen Grund mehr hatte, länger sitzen zu bleiben, erhob er sich mit den Worten: »Schönen Abend noch.« Er wollte gerade den Raum verlassen, als Luisa sich erhob und meinte: »Herr Doktor Balbach, ich bringe Sie zur Tür. Ich hätte da nämlich noch eine Frage.«

Vollkommen verblüfft sahen alle Beteiligten Luisa an. Was hatte das jetzt zu bedeuten? Hatte der Gerichtsmediziner mit seinem Auftritt solch einen Eindruck auf sie gemacht. Kopfschüttelnd schaute Alex den beiden hinterher.

...

Dagmar saß in ihrer Wohnung im Wohnzimmer, das Gesicht in ihren Händen verborgen und schluchzte laut. Sie wusste einfach nicht mehr, was sie tun sollte. Nach einem Streit mit ihrer Freundin Barbara hatte sie deren Wohnung verlassen und war nach Hause gegangen, nicht ohne sich nach allen Seiten zu vergewissern, ob sie vielleicht verfolgt würde. Zu Hause angekommen, schaute sie hinter jede Tür, in alle Schränke und unter das Bett, ob sich irgendwo jemand versteckt hielt. Nun saß Dagmar da und wusste nicht mehr ein noch aus. Es machte keinen Sinn. Sie konnte nicht ständig mit Barbara zusammen in einer Wohnung sein. Sie waren viel zu verschieden und nach kurzer Zeit hatten sie sich wegen jeder Kleinigkeit in die Haare bekommen. Dagmar hatte panische Angst, das gleiche Schicksal wie ihre Freundin Hanna zu erleiden, obwohl es dazu ja eigentlich keinen Grund gab. Noch ganz in Gedanken versunken und am Ende ihrer Nerven, erschrak sie heftig, als es an der Haustür klingelte. Jetzt kam vielleicht schon der Mörder direkt zu ihr nach Hause. Sie erwartete niemanden. Ganz leise erhob sie sich aus dem Sessel, schlich zur Wohnungstür, schaute durch den Spion und atmete erleichtert auf. Da stand Barbara. Dagmar riss die Tür auf und fragte atemlos: »Was machst du denn jetzt hier? Ich dachte, wir gehen eine Weile getrennte Wege.«

»Jetzt komm schon. Sei doch nicht so. Mir ist auch nicht wohl dabei, allein in meiner Wohnung zu sein. Lass mich rein, damit wir uns aussprechen können.«

Fünfzehn Minuten später saßen die beiden in der behaglichen Wohnküche und hatten Tee gekocht. Die Stimmung war etwas entspannter. Dagmar sagte: »Wie stellst du dir denn das jetzt in Zukunft vor? Ich weiß nicht, wie es dir geht, aber ich habe auf jeden Fall Angst. Wer kann Hanna nur umgebracht haben? Und will derjenige uns vielleicht auch umbringen? Weiß er vielleicht etwas? Vielleicht war es ja auch eine Frau.«

Lange sah Barbara ihre Freundin an und meinte schließlich: »Ich habe keine Ahnung, wer das getan haben könnte und ich weiß auch nicht, ob wir in Gefahr sind. Und ich habe ebenfalls keinen Plan, was wir tun sollen. Ich weiß nur eines, ich möchte in nächster Zeit nicht alleine sein. Also bitte komm zurück zu mir in meine Wohnung.«

Nachdenklich antwortete Dagmar: »Weißt du was? Ich glaube, das Beste wäre, wenn ich zur Polizei gehen würde.«

»Spinnst du?«, rief Barbara aufbrausend aus. »Was willst du denn denen erzählen?«

118

»Keine Ahnung. Vielleicht einfach, dass ich Angst habe, dass der Mörder es vielleicht auch auf uns abgesehen haben könnte.«

»Das lässt du mal schön bleiben. Wir verhalten uns einfach ganz ruhig. Was meinst du, was das für einen Rattenschwanz hinter sich herziehen würde, wenn du zur Polizei gehst. Die bohren doch dann so lange herum, bis, naja, du weißt schon. Die lassen uns dann nicht mehr in Ruhe. Aber, du musst wissen, was du tust«, sagte sie schließlich und erhob sich. »Aber lass mich aus der Sache raus. Ich will damit nichts zu tun haben. Wenn du es dir anders überlegst, kannst du gerne wieder zu mir zurückkommen.« Mit diesen Worten verließ Barbara die Wohnung und ließ ihre Freundin, noch ratloser als zuvor zurück.

...

Das Team wollte gerade mit der morgendlichen Besprechung beginnen, als die Tür aufgerissen wurde. Nachdem Saskia im Empfangsbereich Platz genommen hatte, war Julias Freund Robin zur Tür hereingestürzt und meinte atemlos: »Meine Freundin ist weg. Sie ist die ganze Nacht nicht nach Hause gekommen. Ich möchte sie als vermisst melden. Es muss ihr etwas passiert sein.«

»Jetzt beruhigen Sie sich erst einmal«, versuchte die Sekretärin den hysterisch wirkenden jungen Mann zur Ruhe zu bringen. »Kommen Sie bitte mit«, forderte Saskia ihn auf, während sie auf die Tür zum Besprechungszimmer zusteuerte.

Aber Robin wartete nicht, sondern öffnete die Tür selbst, während er sich an ihr vorbeischob und den Raum betrat. Er sprudelte die ganze Geschichte noch einmal hervor, so dass Rudi sich umgehend erhob und sagte: »Guten Tag, ich bin Hauptkommissar Rudolf Engel. Kommen Sie doch bitte mit.«

Robin nickte und ging mit Rudi, gefolgt von Alex und Luisa, nebenan ins Gemeinschaftsbüro. Drüben angekommen, hatte er sich etwas gefasst und sagte: »Mein Name ist Robin Wagner. Meine Freundin ist verschwunden. Ich weiß, dass sie sich in großer Gefahr befindet……«

»Jetzt mal ganz langsam.« Nachdem sich alle gesetzt hatten, fragte Rudi: »So, Herr Wagner, nun erzählen Sie uns mal, was genau passiert ist. Wer ist Ihre Freundin? Und warum meinen Sie, dass sie in Gefahr sein könnte?«

»Meine Freundin heißt Julia Sommer und wohnt hier in Schömberg. Normalerweise verlässt Julia seit Wochen das Haus nicht mehr, weil sie eine Angststörung hat, und nun ist sie weg. Das ist schon mal nicht normal. Meine Freundin wurde vor 12 Jahren in einem Keller gefangen gehalten. Sie wurde damals auch vergewaltigt und vor kurzem hat sie mir das Haus gezeigt, in dem sie eingesperrt war. Das ist auch der Grund für ihre Ängste. Julia wollte mit mir dort hingehen, um mit diesem Mann, der sie dort gefangen gehalten hatte, zu sprechen. Sie war voller Hoffnung, danach besser mit der Situation zurechtkommen zu können. Sie meinte, damit dann abschließen zu können, was natürlich großer Quatsch ist. Ich fand das nicht gut und wollte sie deshalb nicht dorthin begleiten. Und jetzt vermute ich, dass Julia das nun im Alleingang gemacht hat. Auf jeden Fall ist sie verschwunden und ich denke, dass sie dorthin gegangen ist. Sturm geklingelt habe ich dort schon, aber es hat niemand aufgemacht. Bitte gehen Sie und schauen nach, ob Julia dort ist.«

Rudi hatte aufmerksam zugehört und antwortete: »So einfach ist das nicht, Herr Wagner. Wie lange ist Ihre Freundin denn schon verschwunden?«

Ihm war natürlich sofort klargeworden, dass es sich um die Julia handelte, die sie gestern befragt hatten.

»Sie ist die ganze Nacht nicht nach Hause gekommen«, erwiderte Robin am Ende seiner Nerven.

»Das gibt uns allerdings nicht das Recht, in ein Haus einzudringen. Ihre Freundin ist ein erwachsener Mensch und es könnte ganz normale Gründe haben, dass sie nicht nach Hause gekommen ist…..«

Robin unterbrach Rudi: »Nein, dafür gibt es keinen Grund. Das würde Julia niemals machen. Dazu hat sie viel zu viel Angst. Das würde sie mir auch gar nicht antun. Außerdem hat Julia keine Freunde oder Bekannte, zu denen sie gegangen sein könnte. Ihre einzige Freundin habe ich schon angerufen. Die weiß auch von nichts.«

»Also, wie gesagt, wir können nicht in das Haus eindringen. Das dürfen wir nur machen, wenn Gefahr in Verzug ist. Aber dafür spricht im Moment überhaupt nichts. Aber nach allem, was Sie uns jetzt erzählt haben und weil Frau Sommer eventuell in unseren Fall verwickelt sein könnte, nehmen wir die Sache schon sehr ernst und werden dem Hinweis nachgehen. Meine Kollegen und ich werden dort vorbeischauen. Wo genau befindet sich das besagte Haus? Bitte schreiben Sie mir auch Ihre Adresse und Ihre Telefonnummer auf.

Wir werden uns dann umgehend bei Ihnen melden.«

Widerstrebend verließ Robin, nachdem er Rudi die Adresse von dem Haus, in dem er Julia vermutete, und seine Handynummer gegeben hatte, das Revier. Am liebsten wäre er sofort mit dem Hauptkommissar dorthin gefahren, aber darauf hatte sich der Engel ja leider nicht eingelassen. Nun musste er Geduld haben und warten, so schwer es ihm auch fiel.

...

Rudi und Alex parkten das Auto etwas abseits vom Haus, um nicht gleich die Aufmerksamkeit auf sich zu lenken, falls an den Beschuldigungen von Robin Wagner etwas dran sein sollte. Sie gingen die paar Meter bis zum Eingang und klingelten. Nichts rührte sich.

»Na, super. Genauso habe ich mir das vorgestellt«, bemerkte Alex.

»Ich habe jetzt auch nicht unbedingt erwartet, dass uns die Tür geöffnet wird, aber wir müssen es ja probieren. Wir können nicht einfach ohne triftigen Grund das Haus stürmen«, erwiderte Rudi. »Kann auch sein, dass niemand zu Hause ist. Bleib du hier stehen. Ich gehe mal in den Garten.« Ehe Alex etwas dazu sagen konnte, war Rudi schon um die Hausecke verschwunden. Er schlich sich von hinten auf die Terrasse und wollte gerade durch die Glastür schauen, als er bemerkte, dass diese überhaupt nicht geschlossen war. Sie war lediglich angelehnt. Ob er Alex kurz Bescheid geben sollte? Nach kurzer Überlegung entschloss er sich, keine Zeit zu verschwenden, drückte leise die Terassentür auf und betrat ohne einen Laut zu hinterlassen das Wohnzimmer. Es sah nicht so aus, als sei Herr Oswald ausgegangen, denn auf dem Esstisch war eine halb mit Kaffee gefüllte Tasse und ein angebissenes Marmeladenbrot.

Nachdem Rudi vor kurzem in dessen akkurat auf-geräumter Diele gestanden hatte, konnte er sich nicht vorstellen, dass Klaus Oswald sein Geschirr ohne Grund so stehen lassen würde. Deshalb öffnete er die Wohnzimmertür einen Spalt breit, um in die Diele schauen zu können - und blickte fassungslos auf das Bild, das sich ihm dort bot.

Alex zog fröstelnd seine Schultern nach oben und wartete ungeduldig darauf, dass sein Chef zurückkommen würde. Heute pfiff in Schömberg ein eisiger Wind, zumindest hier ums Haus herum. Er dachte gerade darüber nach, ebenfalls nach hinten in den Garten zu gehen, um zu schauen, warum das so lange dauerte, da wurde die Haustür von innen aufgerissen. Alex schaute in Rudis fassungsloses Gesicht und wollte gerade etwas erwidern, sah dann aber an ihm vorbei und es verschlug auch ihm kurzfristig die Sprache. Da lag Klaus Oswald in einer Blutlache. Ein Messer steckte in seinem Brustkorb.

...

Ruhelos ging Robin die Liebenzeller Straße auf und ab. Er blieb an der Stelle stehen, wo die Straße in eine kleinere mündete, in der sich das besagte Haus befand. Als er sah, dass die Polizeibeamten nicht mehr davorstanden, überlegte er fieberhaft, ob er sie vielleicht übersehen hatte, und sie schon wieder ins Revier oder gar zu Julias Haus zurückgefahren waren. Natürlich war er deren Aufforderung nicht nachgekommen, wieder in Julias Wohnung zurückzukehren. Er konnte schließlich nicht einfach so zur Tagesordnung übergehen. Nein, er war zu Fuß die Straße entlanggelaufen und hatte gesehen, wie die Beamten vor der Haustür standen und gewartet hatten. Nachdem er dann eine Weile unschlüssig hin und her gegangen war, waren sie nun plötzlich verschwunden. Während er noch nachdachte, ob er einfach hingehen und klingeln sollte, vibrierte sein Handy in der Hosentasche. Ein Blick auf das Display verriet ihm, dass der Anruf von Julia kam. Vollkommen überrascht nahm Robin das Gespräch entgegen und hörte wie Julia ins Telefon hinein schluchzte: »Robin, wo bist du? Kannst du bitte sofort zu mir kommen?«

»Ja, wo um alles in der Welt bist du denn?«

»Ich bin in meiner Wohnung. Bitte komm ganz schnell. Es ist etwas Furchtbares passiert.«

Die letzten Worte waren kaum zu verstehen gewesen, weil sie im Schluchzen untergegangen waren.

Kurz entschlossen rief Robin ins Telefon: »Ich bin in fünf Minuten bei dir.« Er legte auf und rannte die Straße entlang Richtung Julias Wohnung. Kaum hatte er die Tür geöffnet, stürmte seine Freundin auf ihn zu und warf sich, hemmungslos schluchzend, in seine Arme. Vor lauter Heulen war kein Wort von dem, was sie erzählte zu verstehen. Er drückte sie an sich und meinte: »Jetzt beruhige dich um Himmels willen erst einmal. Ich bin froh, dass du da bist. Wo warst du denn die ganze Nacht?«

Nachdem sich Julia wieder etwas gefasst hatte, erzählte sie ihm die ganze Geschichte. Was passiert war und dass sie wieder, wie vor 12 Jahren, in diesem Keller gefangen gehalten worden war. Entsetzt sah Robin seine Freundin an und sagte: »Wir müssen sofort zur Polizei gehen.«

»Bist du wahnsinnig«, schrie Julia auf. »Was sollen wir denen denn sagen?«

»Ich habe doch die Polizei alarmiert, nachdem du die ganze Nacht nicht nach Hause gekommen bist«, erwiderte Robin ratlos. »Sie werden sowieso gleich hier erscheinen.«

Fassungslos schaute Julia ihren Freund an, da klingelte es auch schon.

»Was sollen wir tun?«, flüsterte Julia.

»Ja, was wohl? Aufmachen natürlich«, zischte Robin zurück.

Julia versuchte ihn am Ärmel zurückzuhalten, als er zur Tür gehen wollte und sagte flehentlich: »Nein, das geht nicht.«

Aber ihr Freund schüttelte ihre Hand nur unwillig ab und meinte: »Das hast du dir jetzt selbst eingebrockt. Da müssen wir jetzt durch.« Er ging zur Tür und öffnete sie. Draußen stand Luisa.

Robin kannte sie schon vom Polizeirevier und sagte etwas zurückhaltend: »Guten Tag.«

»Guten Tag. Meine Kollegen schicken mich, um nachzuschauen, ob Julia Sommer inzwischen wieder zuhause ist.«

»Ja, ich bin wieder da«, äußerte sich Julia leise, nachdem sie unbemerkt an die offene Tür gekommen war. Überrascht schaute Luisa zuerst sie, dann Robin an und fragte schließlich an Julia gewandt: »Sie sind wieder hier?«

»Ja, kommen Sie doch erstmal rein«, mischte sich nun Robin wieder ein. »Das ist alles ein großes Missverständnis. Meine Freundin hatte sich tatsächlich nur eine Auszeit genommen. Ich habe mich getäuscht mit meinem unguten Gefühl, dass Julia in Gefahr sein könnte. Es tut mir fürchterlich leid.« Julia nickte zustimmend.

»Okay«, antwortete Luisa etwas verwundert.
»Dann hat sich das ja jetzt geklärt. Kommen Sie
doch bitte morgen noch mal aufs Revier, um das
Protokoll zu unterschreiben. Damit wäre die Sache dann erledigt.«

»Ja, das machen wir«, erwiderte Robin.

Julia sagte gar nichts. Nachdem Luisa gegangen
war, fiel sie ihrem Freund erneut um den Hals.
»Gott sei Dank. Das hast du gut gemacht.«

Aber Robin meinte nur: »Weißt du was? Mir
reicht es jetzt mal wieder. Ich glaube, ich brauche
etwas Abstand.«

Erschrocken sah Julia ihn an. »Was willst du damit
sagen?«

»Ich muss erst einmal wieder zu mir kommen und
einen klaren Gedanken fassen können. Ich werde
heute bei mir zuhause schlafen.« Und weg war er.

...

Als Dagmar meinte, die Stille ihrer Wohnung nicht mehr ertragen zu können, griff sie nach dem Telefon und rief Barbara an. Sie wollte schon auflegen, als diese nach zehnmaligem Klingeln, das Gespräch entgegennahm.

»Barbara Rapp.«

»Hallo Babs, ich bin's, Dagmar. Ich habe es mir überlegt. Es ist besser, wenn ich wieder zu dir zurückkomme. Sonst werde ich hier noch wahnsinnig. Schlafen kann ich überhaupt nicht mehr. Ständig höre ich Geräusche und wenn ich zum Einkaufen gehe, fühle ich mich beobachtet.«

»Okay, ich bin froh, dass du diese Entscheidung getroffen hast. Mir geht es ähnlich. Gestern Abend war ich mit Schulfreunden in der Stadt unterwegs und bin auf dem Nachhauseweg beinahe gestorben vor lauter Angst, bis ich endlich in meiner Wohnung war. Und das, obwohl sich mein Stellplatz fürs Auto direkt vor dem Haus befindet. Auch mir kommt es so vor, als ob ich immer beobachtet oder verfolgt werde. Wahrscheinlich bilde ich mir das nur ein. Ich weiß es nicht, aber ich bin froh, wenn du wieder zu mir kommst.«

»Bist du denn wahnsinnig geworden, momentan abends in der Stadt rumzulaufen oder überhaupt das Haus zu verlassen?«

»Ja hör mal, ich habe doch auch noch ein Leben. Erstens, vom Verstand her glaube ich nicht, dass uns irgendjemand etwas antun möchte. Und zweitens, ich kann mich ja nicht mein Leben lang hier einschließen.«

»Das nicht, aber im Moment könnten wir ruhig etwas vorsichtiger sein, zumindest bis die Sache geklärt ist.«

»Du bist gut. Ich hoffe, dass der Fall nie vollständig geklärt werden wird. Und das solltest du auch hoffen. Außerdem kann das sehr lange dauern. Wir wollen schließlich nicht die nächsten Jahre hier zu Hause versauern. Aber lange Rede, kurzer Sinn. Jetzt komm doch erst einmal hierher. Wir machen uns einen gemütlichen Abend und reden in Ruhe über alles.«

»Okay, ich werde bestimmt, bevor es dunkel wird, bei dir sein.«

...

»Also, die Umstände verlangen es, dass wir mit unseren Ermittlungen noch einmal ganz von vorne beginnen müssen.« Rudi saß am Besprechungstisch und sah sehr nachdenklich aus. Das Team hatte sich um ihn herum versammelt.

»Noch ein Toter«, stöhnte nun Luisa auf. »Ich hätte niemals gedacht, dass hier in diesem idyllischen Kurort, was Verbrechen und Mord angeht, so viel los sein kann.«

»Da siehst du mal«, erwiderte Alex spöttisch, verstummte aber sogleich wieder, als sein Chef ihm einen vernichtenden Blick zuwarf. Rudi erhob sich und schaute seine Kollegen an. Nach kurzer Überlegung begann er zu sprechen: »Klaus Oswald wurde auf eine andere Art als die beiden anderen Opfer ermordet. Er wurde mit einem Messer erstochen. Trotzdem erscheint es mir sehr wahrscheinlich, dass die Morde etwas miteinander zu tun haben. Nicht zuletzt deswegen, weil sich alle Beteiligten sehr gut kannten. Also ich denke, dass wir es hier mit nur einem Täter zu tun haben.«

Die anderen nickten zustimmend. »In seinem Adressbuch gab es nicht wirklich viel zu finden. So wie es aussieht, hatte Herr Oswald fast keine Freunde. Da stehen genau drei Namen drin. Mit diesen Personen müssen wir natürlich noch sprechen. Saskia, ich habe dir die Namen hier aufgeschrieben.« Er reichte der Sekretärin den Zettel und fuhr fort: »Zwei Adressen davon musst du herausfinden, eine kennen wir schon.«

Gespannt schauten Alex und Luisa ihn an.

»Welche kennen wir?«

»Barbara Rapp. Und da sie mit allen drei Toten Kontakt hatte, denke ich, dass wir mit einer erneuten Befragung bei ihr beginnen.«

»Das würde ich auch sagen«, stimmte Alex ihm zu.

»Das macht am besten ihr beide. Euch kennt sie noch nicht. Vielleicht fällt euch irgendetwas auf, was ich nicht bemerkt habe.« Rudi schaute Luisa und Alex an.

»Natürlich müssen wir auch noch auf die Ergebnisse der Spurensicherung und der Gerichtsmedizin warten, aber in der Zwischenzeit brauchen wir nicht hier sitzen und Däumchen drehen.«

»War denn Herr Balbach vor Ort?«, wollte Luisa wissen.

»Klar, wer denn sonst?« Spöttisch schaute Alex seine Kollegin an, verkniff sich aber alles weitere. Luisa entgegnete nichts und Rudi meinte: »Er wird anrufen, sobald er die Ergebnisse hat. Und ich glaube, dass wir nicht lange darauf warten müssen.« Nun musste sogar er etwas grinsen und eine leichte Röte überzog Luisas Gesicht.

Alex und Luisa erhoben sich ohne Einwände, um ihren Auftrag zu erfüllen. Beiden war klar, dass das funktionieren musste, schließlich würden sie noch länger zusammenarbeiten. Also nickten sie sich zu und verließen, nachdem Saskia ihnen die Adresse von Frau Rapp ausgehändigt hatte, kommentarlos das Revier.

Auf der Fahrt nach Büchenbronn sprachen sie nicht viel miteinander. Aber es war eine angenehme Stille. Es schien, als ob zwischen ihnen alles geklärt sei und nichts mehr zwischen ihnen stehen würde. Vielleicht könnte es ja doch noch mit der Zusammenarbeit klappen, überlegte sich Alex. Am Ziel angekommen, standen sie etwas ratlos vor dem Mehrfamilienhaus, in dem Barbara Rapp wohnte. Da die Tür nach mehrmaligem Klingeln nicht geöffnet wurde, mussten sie davon ausgehen, dass niemand zuhause war.

»Mist. Hätten wir doch vorher lieber angerufen«, äußerte sich Luisa missmutig.

»Im Allgemeinen mache ich das nicht so gerne«, erwiderte Alex. »Sonst können sich die Leute ja genau überlegen, was sie zu sagen haben. Lieber einmal mehr in der Gegend herumfahren.«

»Da hast du auch wieder recht«, stimmte Luisa ihm überraschenderweise zu.

Sie wollten gerade wieder gehen, als eine Frau so um die 40 in einem alten BMW angefahren kam, diesen auf einem der freien Stellplätze abstellte und auf das Haus zukam. Sie schaute Alex und Luisa freundlich an und fragte: »Kann ich Ihnen irgendwie behilflich sein? Suchen Sie jemanden?«

»Kripo Schömberg. Wir möchten zu Frau Rapp, aber sie ist leider nicht da. Mein Name ist Alexander Wandhoff und das ist meine Kollegin Luisa Rau. Dürften wir Ihnen ein paar Fragen stellen? Ich nehme an, dass Sie hier im Haus wohnen?«

Auf einmal schaute die Frau Alex etwas verschlossener an und sagte: »Könnte ich bitte Ihren Ausweis sehen?«

»Natürlich. Entschuldigung«, antwortete Alex verlegen, denn normalerweise wies er sich immer sofort aus. Er hielt der Frau seinen Dienstausweis hin.

»Ich bin Anita Jacobs«, sagte die Fremde nun wieder freundlicher, aber ich wüsste nicht, wie ich Ihnen helfen könnte. Um was geht es denn überhaupt?«

»Wir ermitteln in einen Mordfall.«

»Bin ich dazu verpflichtet, Ihre Fragen zu beantworten?«, verschloss sich Anita Jakobs wieder.

»Das sind Sie natürlich nicht, aber es wird, denke ich mal, auch Ihnen daran gelegen sein, einen Mordfall aufzuklären, der sich hier in der Gegend abgespielt hat. Besser gesagt handelt es sich um mehrere Mordfälle.«

Erschrocken schaute Anita Alex an und antwortete: »Natürlich, entschuldigen Sie, da haben Sie recht.«

»Was können Sie uns über Frau Rapp sagen? Wie gut kennen Sie ihre Nachbarin?«

»Frau Rapp ist eine nette, unauffällige Mitbewohnerin. Wir haben nicht viel miteinander zu tun, hin und wieder mal ein kurzes Gespräch, mehr nicht. Sie ist mir sehr sympathisch. Wird sie etwa verdächtigt, irgendetwas mir den Morden zu tun zu haben?«, fragte Anita entsetzt.

»Nein, wir haben nur einige Fragen an Ihre Nachbarin, weil sie anscheinend gut mit den Ermordeten bekannt gewesen war.«

»Ach so.« Erleichtert atmete Anita auf.

»Kennen Sie eine oder mehrere dieser Personen?«, fragte nun Luisa und hielt Frau Jakobs die Fotos der Toten hin. Diese schaute sie sich lange und gründlich an und meinte schließlich: »Ja, aber kennen ist zu viel gesagt. Ich habe diesen Mann - sie deutete auf Harald Bender - vor kurzem das erste Mal gesehen. Er hat Frau Rapp abgeholt.«

»Ach ja?«, fragte Alex und wurde hellhörig. »Wissen Sie noch, wann das gewesen ist?«

»Das muss, warten Sie mal, letzte Woche Donnerstag gewesen sein. Ich habe die beiden aus dem Haus gehen sehen. Sie waren schick gekleidet, so, als ob sie ausgehen wollten.«

»Okay, können Sie uns auch sagen, um wieviel Uhr das war?«, mischte sich nun Luisa wieder ein.

»Das war so gegen 21 Uhr. Das weiß ich genau, da ich um diese Zeit selbst einen Termin hatte. Also, um diese Uhrzeit muss es gewesen sein.«

»Gut. Vielen Dank Frau Jacobs. Sie haben uns sehr geholfen«, meinte nun Alex und reichte der Frau die Hand. Luisa tat es ihm gleich und Anita schaute die beiden etwas ratlos an. Wahrscheinlich überlegte sie sich gerade, ob für Frau Rapp durch ihre Aussage eine unangenehme Situation entstanden sein könnte.

Alex und Luisa hatten es eilig aufs Revier zurückzukehren und die neuen Informationen zu besprechen.

...

Lea und Alex hatten es sich auf der Couch gemütlich gemacht. Die kleine Clara war schon eingeschlafen. Lea saß mit angewinkelten Beinen da, den Kopf auf die Schulter ihres Lebensgefährten gelegt. Alex hatte seinen Arm um ihre Schulter gelegt.

»Wie sieht es eigentlich mit eurem Fall aus?«, wollte Lea wissen.

Natürlich hatte Alex seine Freundin, was die Ermittlungen angeht, auf dem Laufenden gehalten. Beide liebten ihren Beruf und konnten gar nicht anders, als sich abends darüber auszutauschen.

»Es erweist sich als sehr schwierig. Ich hoffe, dass es nicht noch mehr Tote geben wird. Wir tappen absolut im Dunkeln, wer die Morde begangen haben könnte.«

»Weißt du was?«, äußerte sich Lea. »Mit einem Kind lernt man tatsächlich das halbe Dorf kennen. Schon oft habe ich gehört, dass das mit Hunden und Kleinkindern so ist, aber nie wirklich daran geglaubt. Aber es ist tatsächlich so. Stell dir mal vor, als ich heute mit unserer Clara auf dem Spielplatz war, bin ich mit einer Frau ins Gespräch gekommen. Sie kannte mich anscheinend nicht und begann plötzlich von dem toten Ehepaar Bender zu sprechen….«

»Lea«, rief Alex aus. »Du darfst dich auf keinen Fall in unsere Arbeit einmischen. Ich warne dich.«

»Jetzt beruhige dich doch mal. Ich ermittle ja gar nicht. Ich führe nur interessante Gespräche.« Verschmitzt schaute sie Alex an. »Aber wenn es dich nicht interessiert.« Demonstrativ schlug sie die Arme übereinander, legte sich entspannt zurück und schloss die Augen.

»Nun komm schon«, lenkte Alex ein. »Was hat sie erzählt?«

Schadenfroh blickte Lea ihn an, nur allzu bereit, ihm ihre Erkenntnisse mitzuteilen. »Also, sie hat gesagt, dass der Herr Bender ein furchtbarer Mensch gewesen sein soll und früher nichts hat anbrennen lassen. Und, dass das Gerücht herum gehe, er habe während seiner Ehe die Freundin von Frau Bender vergewaltigt.«

Inzwischen hatte sich Alex interessiert aufgesetzt. »Du weißt aber nicht zufällig den Namen der betroffenen Frau?«

»Ich denke, ich soll mich nicht einmischen.« Lea genoss es, ihren Freund etwas zappeln zu lassen.

»Komm schon, lass mich nicht betteln. Sei schön brav und sag mir den Namen.«

»Dagmar Schneider«, erwiderte sie.

»Das ist jetzt nicht dein Ernst.« Alex sprang auf. »Das darf doch nicht wahr sein. Lea, du bist ein Schatz.« Er küsste sie rechts und links auf die Wangen, gab ihr einen dritten Kuss auf den Mund und sagte: »Es tut mir leid, aber ich muss sofort Rudi anrufen.« Er griff nach dem Telefon und verschwand in die Küche, um zu telefonieren. Lea seufzte laut auf, so hatte sie sich den Abend nun auch wieder nicht vorgestellt.

...

Julia saß verzweifelt auf ihrem Küchenstuhl und fühlte sich einsam und verlassen, weil Robin sie in dieser Situation alleine gelassen hatte. Was war nur schiefgelaufen? Im Gegensatz zu damals vor 12 Jahren hatte sie dieses Mal, als Oswald sie in den Keller gesperrt hatte, nicht daran geglaubt, dort jemals wieder herauszukommen. Sie hatte sozusagen nach mehreren Panikattacken in der letzten Nacht mit ihrem Leben abgeschlossen. Bis zu dem Zeitpunkt, als sie oben die Stimme von dem Menschen gehört hatte, der ihr gleich nach Robin am meisten bedeutete. Sie hatte es nicht glauben können und kurzfristig gedacht, unter Wahnvorstellungen zu leiden. Julia konnte sich nicht mehr genau erinnern. Auf jeden Fall musste sie wohl verzweifelt um Hilfe geschrien haben und damit das Leben und die Zukunft von ihm zerstört haben. Ach, hätte sie doch nur die ganze Sache auf sich beruhen lassen und wäre niemals zu dem Mistkerl gegangen. Sie schluchzte laut auf und dachte, dass es doch am besten wäre, sich umzubringen, damit sie nicht mit dieser Schuld leben musste. Aber Julia wusste auch, dass sie dazu den Mut nicht aufbringen würde.

...

Dagmar lag stocksteif in Barbaras Gästezimmer. Die beiden Freundinnen waren zusammen im Wohnzimmer gewesen und zunächst ganz entspannt auf der Sitzgruppe gesessen. Sie hatten sich darüber unterhalten, wie es weitergehen soll. Plötzlich war in Dagmar ein ungutes Gefühl aufgekommen. Sie wunderte sich schon länger, dass Barbara absolut nicht zur Polizei gehen wollte und sich auch sonst nicht allzu viele Gedanken machte, wer Hanna umgebracht haben könnte. Sie schien auch nicht so viel Angst zu haben, zumindest nicht so, wie sie selbst. Es gab keine Veranlassung, schließlich waren sie Freundinnen. Aber Dagmar hatte sich in ihrer Gegenwart nicht mehr so richtig wohl gefühlt und sich deshalb recht schnell in das Gästezimmer zurückgezogen. Nun war es schon 1 Uhr nachts und sie war immer noch wach und verkrampfte sich völlig. Es konnte für das Verhalten ihrer Freundin nur einen Grund geben, diese war selbst die Mörderin von Hanna. Aber warum sollte Barbara das getan haben, fragte sich Dagmar panisch. Was sollte sie nur tun? Gute Miene zum bösen Spiel machen? Ja, sie musste morgen früh aufstehen, mit ihr frühstücken und dann am besten heimlich zur Polizei gehen. Genau so würde sie es machen. Auf keinen Fall durfte sie sich irgendetwas anmerken lassen.

Sonst müsste sie vielleicht auch noch dran glauben. Dagmar steigerte sich immer mehr in diese Gedanken hinein und es dauerte noch weitere zwei Stunden, bis sie schließlich in einen unruhigen Schlaf fiel.

...

Dagmar saß im Gemeinschaftsbüro des Schömberger Polizeireviers. Am frühen Morgen war sie aufgewacht und wusste nicht, wie ihr geschah. Barbara war ins Zimmer gestürmt und hatte mit hysterischer Stimme gesagt: »Du musst sofort aufstehen. Die Polizei hat angerufen. Die holen uns zum Verhör ab.«

»Was?«, fragte Dagmar verwirrt. »Warum das denn?«

»Ich habe keine Ahnung. Komm schnell ins Wohnzimmer, wenn du fertig bist. Wir müssen uns noch kurz besprechen, was wir denen sagen.«

Viel Zeit blieb dazu allerdings nicht mehr. Barbara wollte Dagmar, die gerade ihre Katzenwäsche beendet hatte, eindringlich erläutern, dass sie bei der Version, so wie sie es besprochen hatten, bleiben solle, da klingelte es auch schon.

Und nun saß sie hier und wartete. Nachdem Dagmar, als sie am frühen Morgen aufgewacht war, sich wieder etwas beruhigt hatte, hatte sie nicht mehr vorgehabt, zur Polizei zu gehen. Da aber die Kommissare ihre Freundin gefragt haben, ob sie wüsste, wo sie sich befinde und diese die Wahrheit gesagt hatte, blieb ihr nichts anderes übrig, als mit aufs Revier zu kommen. Immerhin war ihr gestattet worden, mit dem eigenen Auto hinterherzufahren. Barbara musste sich allerdings in den Streifenwagen setzen.

Dagmar sah auf, als Alex und Luisa den Raum betraten. Alex schaltete das Aufnahmegerät ein und begann die Befragung: »Wie wir inzwischen wissen, war Ihre Freundin Frau Bender letzte Woche am Donnerstagabend bei Ihnen. Erzählen Sie uns doch bitte mal den genauen Ablauf Ihres Treffens.«

Aber anstelle zu antworten, brach Dagmar Schneider in Tränen aus. Schließlich äußerte sie sich nach einer Weile: »Ich habe fürchterliche Angst, dass der Mörder von Hanna auch mich umbringen könnte. Oder die Mörderin«, fügte sie noch hinzu.

»Wie kommen Sie darauf?«, wollte Luisa nun wissen. »Haben Sie einen Verdacht, wer es gewesen sein könnte?«

Dagmar hob den Kopf, schlug die Augen nieder, sagte aber kein Wort.

»So kommen wir nicht weiter. Wenn wir Sie schützen sollen, müssen Sie uns auch alles sagen.«

Nach kurzer Überlegung hob Dagmar ihren Kopf Richtung Luisa und erwiderte: »Ich weiß nicht, wer Hanna umgebracht hat, aber ich weiß, wer ihren Mann umgebracht hat.«

Überrascht schauten Luisa und Alex sie an und fragten gleichzeitig: »Und wer hat das getan?«

»Hanna war es. Ich habe gelogen, als ich gesagt habe, dass sie bei mir gewesen ist.«

Verblüfft äußerte sich Alex nach kurzer Überlegung mit der Frage: »Frau Schneider, Herr Bender hat Sie vor vielen Jahren vergewaltigt. Stimmt das?«

Fassungslos sah diese ihn an. »Woher wissen Sie das?«

»Das tut hier nichts zur Sache. Ich möchte nur wissen, ob es so gewesen ist.«

Resigniert sackte Dagmar auf ihrem Stuhl zusammen und flüsterte ganz leise: »Ja, dieses Schwein hat damit mein Leben ruiniert. Ich konnte dadurch nie mehr eine Beziehung zu einem Mann aufbauen. Bin ich jetzt verdächtig?«

Alex erwiderte: »Wir werden eine Speichelprobe von Ihnen nehmen.«

Dagmar Schneider zuckte nur noch mit den Schultern und es war nichts mehr aus ihr heraus zu bekommen. Luisa blieb bei ihr im Büro, in der Hoffnung, doch noch etwas zu erfahren. Alex ging in den Besprechungsraum, wo er auf Rudi traf, der soeben von dem Vernehmungszimmer, in dem er mit Barbara Rapp gesprochen hatte, zurückgekehrt war. Er berichtete seinem Chef von Dagmar Schneiders Aussage.

Rudi entgegnete: »Na so was. Alleine hat Frau Bender das wohl kaum gemacht. Bei Frau Rapp habe ich überhaupt nichts rausbekommen. Die ist knallhart. Sie hat nach einem Anwalt verlangt.

Da hilft alles nichts. Wir müssen warten, bis er da ist. Sie hat ihn angerufen.«

Luisa ging in den Aufenthaltsraum, nachdem sie Dagmar Schneider - nach Absprache mit ihrem Chef - hatte gehen lassen. Keine fünf Minuten später kamen Rudi und Alex dazu. Resigniert ließen sich die beiden auf die Stühle sinken.
»Frau Rapp sagt ohne ihren Anwalt gar nichts mehr«, berichtete Rudi. »Was gibt es Neues?«
»Leider nichts. Die Schneider hat sich auch weiterhin geweigert, noch mehr zu sagen.« Nachdenklich stellte Rudi noch einmal fest: »Ich kann mir nicht vorstellen, wie Hanna Bender das alleine gemacht haben soll. Ich denke, die haben alle drei unter einer Decke gesteckt. Aber das müssen wir ihnen erstmal nachweisen. Barbara Rapp hat zugegeben, sich mit Harald Bender getroffen zu haben, um spazieren zu gehen. Dazu sind sie mit dem Auto nach Oberlengenhardt ins Mausbachtal gefahren. Aber ungefähr um 22 Uhr hätte Harald Bender sie dann wieder nach Hause gebracht.
Sie habe uns das nur verschwiegen, weil sie sich nicht verdächtig machen wollte.
Wir haben leider nichts in der Hand, was rechtfertigen würde, Frau Rapp noch länger hier zu behalten.

Wir können ihr nichts beweisen. Dass man DNA-Spuren von ihr bei Herrn Bender gefunden hat, ist in diesem Falle auch erklärbar.«

»Ich habe es doch gleich gesagt, dass diese Frau das Ehepaar Bender auf dem Gewissen hat«, meldete sich nun Saskia - die inzwischen auch zur Besprechung dazugekommen war - zu Wort. Nachdenklich schaute Rudi die Sekretärin an und erwiderte: »Das glaube ich zwar nach wie vor nicht, aber immerhin gehört sie nun zum Kreis der Verdächtigen.«

Saskias Gesicht nahm einen zufriedenen Ausdruck an, vor allem, nachdem auch Luisa und Alex sie erstaunt angesehen hatten. Alex wollte gerade ansetzen, etwas zu sagen, als das Telefon klingelte.

...

Dagmar wartete, bis ihre Freundin mit dem Verhör fertig war. Sie hatte sich in ihr Auto gesetzt. Zum Glück war sie selbst mit ihrem eigenen hierhergekommen. Aber sie wollte Barbara nicht im Stich lassen. Im Nachhinein hielt sie ihre Panik in der Nacht für vollkommen überzogen. Da kam Babs ja endlich. Nachdem der Anwalt gekommen war, hatte es noch eine ganze Stunde gedauert, bis sie gehen durfte. Diese steuerte nun völlig aufgelöst aufs Auto zu, riss vor Wut schnaubend die Tür auf und ließ sich auf dem Beifahrersitz nieder. »So, nun lass uns schnell nach Hause fahren. Sie haben nichts gegen uns in der Hand. Ich bin fix und fertig.«

»Heute brauche ich auch nichts mehr«, entgegnete Dagmar, legte den Gang ein und fuhr los.

...

Julia saß zu Hause und grübelte ständig vor sich hin. Da Robin bei der Arbeit war und sich sowieso eine Auszeit von ihr genommen hatte, hatte sie zum Nachdenken alle Zeit der Welt.

Sie dachte an damals, als es ihr gelungen war aus dem Keller zu fliehen und durchlebte noch einmal, wie schon so oft, alle Schrecken dieser schlimmen Zeit.

Nachdem Julia den Mistkerl mit der Gabel getroffen hatte, gelang es ihr den Kellerraum zu verlassen und die Tür von außen abzuschließen. Sie hastete in Panik die Treppe nach oben, sie wusste ja nicht, ob die Tür oben zugeschlossen war. Voller Erleichterung - das würde sie nie vergessen, wie die Tür nachgegeben hatte - betrat sie dann die Diele. Und diesen Moment würde Julia auch niemals vergessen, als ihr die Frau, die das Ganze mit angesehen und zugelassen hatte, gegenüberstand. Ja genau, Frau Bender, die gar nicht in diesem Haus wohnte und dort eigentlich nichts zu suchen hatte. Trotzdem stand sie genau in diesem Augenblick dort.

Hanna Bender hatte also die ganze Zeit davon gewusst und ihr nicht geholfen. Der Hass wurde mit den Jahren immer größer, wenn sie daran dachte. Julia wollte Hanna Bender schon immer zur Rede stellen und von ihr wissen, warum sie ihr damals nicht geholfen hatte, nachdem ihr Mann sie vergewaltigt hatte. Julia war sich hundertprozentig sicher, dass diese Frau davon gewusst hat und auch, dass der beste Freund von Harald Bender sie die ganze Zeit in seinem Keller gefangen gehalten hielt.

Julia hatte dann vor ein paar Tagen endlich ihren Freund davon überzeugen können, mit ihr dorthin zu gehen. Sie wollte die Frau von Angesicht zu Angesicht fragen, warum sie damals nichts unternommen habe, um ihr zu helfen. Damit sie es vielleicht besser verstehen konnte, wollte Julia mit ihr sprechen. Als die beiden dort angekommen waren und niemand auf ihr Klingeln die Tür öffnete, waren sie ums Haus geschlichen, um durch die Terrassentür zu schauen. Da lag dann die tote Frau Bender. So sah es auf jeden Fall aus. Julia hatte gesehen, dass Hanna Bender auch einen Kabelbinder um den Hals hatte. Voller Entsetzen waren Robin und sie dann davongerannt. Bis zum jetzigen Zeitpunkt wusste sie tatsächlich nicht, wer das gewesen sein könnte. Aber nun war es ihr klar geworden und diese Erkenntnis war so furchtbar, dass Julia nicht wusste, wie sie damit weiterleben konnte.

...

Nachdem die beiden Frauen zu Hause bei Barbara angekommen waren, parkte Dagmar auf der anderen Straßenseite, da der Stellplatz, der zum Haus gehörte, von dem Auto ihrer Freundin belegt war. Barbara schloss die Haustür auf und schweigend gingen die beiden nach oben in den zweiten Stock, in dem sich die Wohnung befand. In der Diele angekommen, meinte Dagmar: »Sage mir bitte, ob du etwas mit dem Tod von Hanna zu tun hast.«

»Spinnst du jetzt total?«, flippte diese aus. »Wie kommst du denn auf die Idee?«

»Ich weiß nicht. Ich kann mir einfach nicht vorstellen, wer sie umgebracht haben soll.«

»Und warum sollte ich das getan haben?«, fragte Barbara.

»Das weiß ich auch nicht. Es kommt mir halt komisch vor, dass du der Polizei nicht einfach sagen kannst, dass Hanna ihren Mann umgebracht hat.« Während des Gesprächs war Barbara immer näher auf Dagmar zugekommen. Diese wich zurück. Erneut breitete sich Panik in ihr aus, genauso wie letzte Nacht. Heute Morgen bei Tageslicht hatte alles anders ausgesehen und sie schämte sich über ihre dummen Gedanken in der Nacht, aber nun war alles wieder da. Inzwischen stieß sie mit dem Rücken an die Wand, direkt neben der Tür zum Gästezimmer an und konnte nicht mehr weiter rückwärtsgehen. Kurz entschlossen flüchtete sie, nachdem sie Barbara zurückgeschupst hatte, in den Raum hinein, zog die Tür zu und drehte den Schlüssel im Schloss herum. Barbara hämmerte an die Tür. »Bist du denn von allen guten Geistern verlassen? Was soll denn das? Ich bin doch keine Mörderin. Wie kommst du denn darauf? Das ergibt doch gar keinen Sinn. Hanna und ich waren doch Freundinnen.«

»Ich habe keine Ahnung«, schluchzte Dagmar hinter der Tür. »Ich weiß nur, dass ich ein ungutes Gefühl habe. Warum solltest du dich sonst so sträuben, zur Polizei zu gehen?«

»Na, warum wohl? Was soll denn diese blöde Frage? Das weißt du doch selbst.«

»Ja, aber das ist doch kein Grund. Schließlich haben wir Harald nicht umgebracht. Deshalb können wir doch auch zur Polizei gehen und unsere Aussagen machen, was den Mord an Harald angeht. Wir erschweren denen doch sonst nur die Aufklärung des Mordes an unserer Freundin. Ich habe denen sowieso schon gesagt, dass Hanna ihren Mann umgebracht hat, und zwar nur sie alleine.«

»Was?«, schrie Barbara auf. »Bist du denn wahnsinnig geworden? In was reitest du uns da rein?«

Sie hämmerte wie wild gegen die Tür, aber Dagmar hütete sich, diese aufzumachen.

Dagmar hörte plötzlich kein Geräusch mehr aus der Diele, bis es plötzlich klapperte. Es hörte sich an, als ob in einer Kiste mit Metallsachen gewühlt wurde.

»Was machst du?«, rief Dagmar hinaus.

»Was werde ich wohl machen«, keifte Barbara zurück. »Wenn du die Tür nicht aufmachst, muss ich einen Zweitschlüssel oder einen Dietrich suchen, um sie aufzubekommen, damit ich dich zur Vernunft bringen kann.«

Panisch riss Dagmar das Fenster auf, schaute hinunter und stellte fest, dass es definitiv zu hoch war, um hinunterzuspringen. Da sah sie eine Nachbarin und schrie lauthals: »Hilfe. Rufen Sie bitte sofort die Polizei. Ich werde hier gefangen gehalten.«

...

Als Rudi den Telefonhörer aufgelegt hatte, schaute er seine Kollegen mit leicht betroffenem Gesichtsausdruck an und sagte: »Komm, Alex, wir müssen zu Barbara Rapp.«

»Was? Schon wieder?«, meinte dieser. Luisa sah auch ziemlich verständnislos aus.

»Ja, eine Nachbarin hat angerufen, dass jemand aus dem Fenster der Wohnung von Frau Rapp um Hilfe geschrien hätte. Also nichts wie los.«

Zehn Minuten später kamen die beiden in Büchenbronn an. Auf ihr Klingeln wurde sogleich geöffnet. Aber erstaunlicherweise war keine um Hilfe schreiende Frau vorzufinden. Dagmar und ihre Freundin saßen einträchtig im Wohnzimmer. Barbara versuchte ihnen zu erklären, dass das alles ein riesengroßes Missverständnis gewesen sei. Dagmar schaute die beiden Polizeibeamten mit großen Augen an. Sie war ziemlich blass, nickte aber bekräftigend. Nach kurzer Überlegung sagte Rudi bestimmend: »So, jetzt reichts! Sie kommen beide mit aufs Revier.«

Das heftige Sträuben der beiden half nichts. Rudi ließ nicht mehr mit sich verhandeln. Dagmar hatte sowieso schon resigniert. Es hatte den Anschein, als ob ihr inzwischen alles egal wäre. Und so wurden die Freundinnen erneut zurück auf das Schömberger Polizeirevier mitgenommen.

Die beiden Frauen hatten wieder ihre vorherigen Plätze eingenommen. Barbara saß im Vernehmungsraum und Dagmar im Gemeinschaftsbüro. Rudi betrat den Raum, um bei dem Verhör von Barbara dabei zu sein. Luisa saß ihr gegenüber und schaltete das Aufnahmegerät ein. Rudi begann die Befragung: »So lange ist es noch nicht her, dass wir uns gesehen haben. Ich nehme an, Sie möchten auf Ihren Anwalt warten. Oder sind Sie bereit, uns auch ohne ihn etwas zu erzählen?« Frau Rapp schaltete wieder auf stur und schüttelte den Kopf.

»Gut, besser gesagt, nicht gut«, meinte Rudi. »Dann warten wir. Aber Sie müssen wissen, dass Ihnen das auch nicht weiterhelfen wird, denn Ihre Freundin hat ausgesagt, dass Sie und Frau Bender gemeinsam deren Mann umgebracht haben.«

Irritiert schaute Luisa ihren Chef an, weil sie davon überhaupt nichts mitbekommen hatte. Er war zwar erst einige Minuten, nachdem sie zu Barbara Rapp gegangen war, dazugekommen, aber sie konnte sich nicht vorstellen, dass ihr Chef in der Zwischenzeit mit Frau Schneider gesprochen haben könnte. Das musste also ein Bluff sein. Aber es war ein voller Erfolg. Barbara sprang wie eine Furie von ihrem Stuhl auf und keifte mit schriller Stimme: »Diese dumme Kuh. Was erzählt die denn da? Wir haben das doch alles nur für sie gemacht, weil sie damals von dem Schwein vergewaltigt wurde. Und natürlich auch für Hanna, dass sie endlich dieses Scheusal von Mann los sein würde. So war das gedacht. Wir haben alles zusammen geplant und nun will sie auf einmal nichts mehr damit zu tun haben. Das ist das Allerletzte.« Schwer atmend setzte Barbara sich wieder hin.

»So, das ist ja schön, dass Sie jetzt kooperativ sind. Dann können Sie uns vielleicht auch gleich die ganze Geschichte aus Ihrer Sicht berichten«, meinte nun Rudi.

Diese sah ein, dass sie keine Chance hatte, da noch einmal herauszukommen. Daher verzichtete sie darauf, auf ihren Anwalt zu warten, und hoffte so auf mildernde Umstände. Barbara begann zu berichten. Sie wirkte auf einmal sehr ruhig und gefasst. »Es war tatsächlich so. Zu dritt haben wir diesen Plan ausgeheckt. Da Dagmar keine Chance hatte - sie war ja damals das Opfer - Harald in den Wald zu locken und er schon immer scharf auf mich war, habe ich mich bereit erklärt, den Lockvogel zu spielen. Das war aber auch das Einzige, was ich getan habe. Wir sind zusammen nach Oberlengenhardt gefahren. Ich musste ihn überreden, einen romantischen Abendspaziergang im Mausbachtal mit mir zu machen. Zuerst wollte er nicht so recht, weil er lieber gleich mit mir ins Bett gestiegen wäre, dann hat er aber doch zuge- stimmt.« Barbara grinste boshaft vor sich hin.

»Als wir dort ankamen, war es schon stockdunkel. Harald parkte in einer kleinen Lichtung. Wir sind dann auf dem Weg in den Wald hineingelaufen. Ich habe ihn überzeugen müssen, da er eigentlich keine Lust dazu hatte, aber letztendlich hat er nachgegeben. So hatte Hanna Zeit, sich mit dem Kabelbinder in der Hand hinter dem Fahrersitz zu verstecken. Natürlich besaß sie einen Zweit- schlüssel des gemeinsamen Autos. Uns war klar, dass er keine Chance hat, wenn seine Frau den Ka- belbinder erst einmal um seinen Hals gelegt und zugezogen hat. Harald und ich gingen also nach ei- ner gewissen Zeit zurück zum Auto. Ich habe dafür gesorgt, dass wir immer wieder angehalten ha- ben, indem ich heftig mit ihm knutschte. Endlich waren wir am Auto angekommen. Harald war tat- sächlich so abgelenkt gewesen, dass er nicht be- merkte, dass Hanna hinter dem Fahrersitz kau- erte. Er machte keine Anstalten wegzufahren. Aber das war ja klar. Als er sich zu mir rüber beugte, schoss Hanna hoch, legte ihm blitzschnell die Schlinge über den Kopf um den Hals und zog sie mit einem schnellen Ruck zu. Er hatte keine

Gelegenheit sich zu wehren. Dagmar war also tatsächlich nicht dabei, aber sie hat diesen Mord mit uns zusammen geplant.«

Luisa und Rudi hatten schweigend zugehört und Barbara nicht unterbrochen. Beiden war klar, dass es sich so wirklich zugetragen haben musste. Rudi äußerte sich nach kurzem Schweigen: »Aber warum jetzt, nach so vielen Jahren? Warum wollte Frau Bender ihren Mann nicht schon früher loswerden?«

»Es gab da vor kurzem einen Vorfall. Normalerweise quälte Harald Hanna immer damit, wie toll es mit anderen Frauen sei und was sie im Bett für eine Niete wäre. Damit kam meine Freundin ja noch klar. Aber eines Abends kam er betrunken nach Hause und hat sie brutal vergewaltigt. Hanna wollte nicht mit ihm schlafen, aber er hat das nicht akzeptiert.«

Rudi nickte und erhob sich. »Gut, dass Sie nun doch ausgesagt haben. Es wird sich positiv auf ihr Verfahren auswirken. Die Nacht werden Sie hier verbringen müssen und werden morgen dem Haftrichter vorgeführt.« Mit diesen Worten verließ er den Raum und Luisa brachte Barbara Rapp in die einzige Zelle, die es im Schömberger Polizeirevier gab.

Alex, der mit Dagmar Schneider im Gemeinschaftsbüro saß, unterbrach das Schweigen, indem er sagte: »Jetzt erzählen Sie uns doch bitte genau, was passiert ist. Schließlich haben Sie um Hilfe gerufen und ich glaube nicht, dass es sich dabei um ein Missverständnis gehandelt hat.«

Dagmar druckste ein bisschen herum, bis sie schließlich mit der Sprache herausrückte: »Das war dumm von mir. Ich habe mich einfach geirrt. Plötzlich habe ich den Verdacht gehabt, dass Barbara etwas mit dem Tod von Hanna zu tun haben könnte, was natürlich absoluter Blödsinn ist. Ich glaube, ich leide schon unter Verfolgungswahn.« Sie versuchte sich ein verlegenes Lächeln abzuringen.

»Was könnte sie denn mit dem Tod ihrer Freundin zu tun haben?«

»Ich sage doch, ich habe keine Ahnung. Ich habe mich da in etwas hineingesteigert.«

»Und was ist mit Herrn Bender? Er hat Sie schließlich vergewaltigt. Da muss sich doch bei Ihnen ein gewisser Hass aufgestaut haben?«

»Wenn Sie darauf hinauswollen, dass ich ihn umgebracht haben soll, dann ist das absolut lächerlich. Wie sollte ich das denn getan haben?«

In diesem Moment betrat Rudi das Büro, wandte sich an Frau Schneider und sagte: »Frau Schneider, Ihre Freundin hat alles gestanden. Jetzt würde ich gerne noch Ihre Version hören.«

Fassungslos schaute Dagmar Rudi an und fragte vollkommen verblüfft: »Tatsächlich?«

»Tatsächlich«, antwortete er. »Erzählen Sie bitte, wie sich alles an dem besagten Abend abgespielt hat. Das kann sich auch positiv auf Ihre Verurteilung auswirken. Schließlich haben sie zu dritt diese Straftat geplant.«

Dagmar Schneider resignierte ebenfalls. Sie berichtete den Ablauf genauso wie ihre Freundin Barbara, so dass es keinen Zweifel mehr gab, dass es sich so abgespielt hatte.

»Und was ist mit Frau Bender?«, wollte nun Alex wissen. »Haben Sie beide die auch auf dem Gewissen?«

Entsetzt schaute Dagmar ihn an. »Um Himmels willen. Hanna war meine beste Freundin. Warum sollte ich sonst auch gedacht haben, dass Barbara das getan hat?«

»Nun, das könnte auch eine Vortäuschung falscher Tatsachen gewesen sein.«

Dagmar brach in Tränen aus. Sie hatte nicht so gute Nerven wie ihre Freundin.

Rudi beschloss, für heute mit der Befragung aufzuhören. Da keine Fluchtgefahr bei Dagmar bestand, durfte diese nach Hause gehen.

...

»Was machst du denn für einen nervösen Eindruck?«, wandte sich Alex an Luisa.

»Ich bin doch nicht nervös. Ich habe nur noch etwas vor und würde gerne Feierabend machen.«

»Hast du ein Date?«

»Vielleicht«, meinte Luisa achselzuckend.

Rudi sah auf und meinte: »Eigentlich kannst du nach Hause gehen. Heute passiert sowieso nicht mehr viel. Ich würde sagen, morgen früh um 8 Uhr geht es weiter.«

»Okay, super.« Sie schien wirklich erleichtert zu sein, griff nach ihrer Jacke und verließ das Revier. Nachdem Luisa gegangen war, sagte Rudi zu Alex und Saskia: »Irgendwie wirkt Luisa verändert.«

»Stimmt«, pflichtete Alex ihm bei. »Sie ist nicht mehr so zynisch. Das ist mir auch aufgefallen.«

»Vielleicht ist sie verliebt«, warf Saskia ein.

»Das glaubst du ja selbst nicht«, äußerte sich Alex. »Die ist doch so kalt wie……«

»Quatsch«, fuhr Rudi ihm über den Mund. »So schlimm ist sie nun auch wieder nicht. Jetzt lasst uns lieber besprechen, wie wir weiterhin vorgehen werden.«

...

Als Luisa den Gasthof Ochsen in Oberlengenhardt betrat, wartete Hans-Peter Balbach schon. Sie ging auf ihn zu. Er erhob sich, küsste sie und meinte: »Schön, dass du da bist.«

Luisa setzte sich ihm gegenüber an den etwas kleineren Tisch, den Hans-Peter sich ausgesucht hatte und sagte lächelnd: »Ja, ich bin auch froh, dass ich dir letzte Woche noch hinterhergelaufen bin.«

»Das war wirklich eine gute Idee, dass du mit mir noch über den Fall sprechen wolltest«, grinste Hans-Peter.

Nachdem Luisa ihn letzte Woche auf dem Polizeirevier zur Tür begleitet hatte und kurz mit ihm nach draußen gegangen war, hatte sie gesagt, sie würde sich gerne über den Fall unterhalten, um etwas klarer sehen zu können. Sie meinte, dass sie vielleicht durch ein Gespräch eine Eingebung haben könnte, wer der Täter sei. Die beiden hatten sich noch an diesem Abend verabredet und waren in Karlsruhe in einem kleinen Restaurant gewesen, um sich über die Morde auszutauschen.

Gesprochen hatten sie dann allerdings kaum darüber. Nach dem Essen war es klar gewesen, dass
Luisa mit Hans-Peter nach Hause gehen würde.
Und jetzt saßen sie also im Ochsen. Nachdem die
Speisekarte studiert war und die beiden sich etwas bestellt hatten, schaute Hans-Peter Luisa mit
blitzenden Augen an und meinte: »Ich habe sofort
gewusst, als ich dich am Tatort gesehen habe,
dass du die Frau meiner Träume bist.«
»Ich nicht«, entgegnete Luisa lächelnd. »Bei mir
war es, sagen wir mal, Liebe auf den dritten
Blick.« Nun schaute sie ihn aber doch sehr verliebt
an und musste sich eingestehen, dass sie sich eine
Zukunft mit dem Gerichtsmediziner gut vorstellen
konnte.

...

Lea ging, den Buggy vor sich herschiebend, die Bad Liebenzeller Straße entlang. Sie hatte es mit Mühe und Not geschafft, ihr zappelndes Töchterchen in den Kinderwagen zu setzen. Diese wollte mit ihren anderthalb Jahren am liebsten selbst gehen. Seitdem sie selbständig laufen konnte - laufen in Anführungszeichen -, mochte Clara nicht mehr im Buggy bleiben. Aber dann hätte der Weg von Leas Wohnung bis zum Polizeirevier mindestens eine Stunde gedauert, weil die kleine Clara gerne überall anhielt, um alle Gegenstände und Leute zu bestaunen. Seufzend lief Lea mit schnellen Schritten die Straße entlang. Sie wusste, dass keine Chance bestand, klein Clara sitzend zu schieben, wenn sie anhalten oder langsamer gehen würde. Irgendwie schaffte die Kleine es immer, sich aus dem Gurt, der zu ihrer Sicherheit angelegt war, zu befreien. Heute war das Kind etwas quengelig. Gerade waren sie beim Arzt gewesen. Clara hatte sich die Windpocken eingefangen. Deshalb überlegte sich Lea nun, wie sie das morgen machen könnte, da ihre Tochter so krank nicht in den Kindergarten gehen durfte. Eigentlich müsste sie aber bis mittags arbeiten. Nun ja, dachte sie vor sich hin. Vielleicht hat Alex eine Idee. Nun gehe ich erst einmal meine alten Kollegen besuchen und schaue mir die Neue mal genauer an. Lea ging davon aus, dass ihre früheren

Kollegen die Windpocken schon gehabt hatten. Noch ganz in Gedanken versunken, bog sie rechts in die Hugo-Römpler Straße ab. Die kleine Straße führte bergab zum Polizeirevier. Dort angekommen, hob Lea Clara aus ihrem Buggy. Diese versuchte, sich mit allen Kräften zu wehren. Sie war heute aber auch wirklich sehr quengelig. Aber was soll's, dachte sich Lea. »Wir gehen jetzt da rein und sagen kurz „Hallo". Dann siehst du den Papa und dann gehen wir wieder heim, kleine Maus.« Ohne sich um die zappelnde Kleine zu kümmern - sie hatte sie fest im Griff -, betrat Lea das Revier. Saskia saß an ihrem Platz direkt rechts neben der Eingangstür und kam freudestrahlend auf ihre frühere Chefin zu. »Hallo, schön dich zu sehen.« »Die Freude ist ganz meinerseits. Ich habe schon Entzugserscheinungen. Ach, wie habe ich diesen Weg hierher beziehungsweise nach Feierabend den Rückweg immer genossen. Vor allem abends, wenn alles dunkel und ruhig war. Das fehlt mir schon sehr. Ihr natürlich auch«, warf sie noch ein. »Komm mit«, entgegnete Saskia. Die anderen haben sich gerade im Aufenthaltsraum versammelt, um eine kurze Pause zu machen.« »Das passt ja super«, freute sich Lea. »Ich hoffe, ihr habt alle Windpocken gehabt. Die Kleine ist gerade daran erkrankt.«

»Also ich schon«, lächelte Saskia. Die drei betraten den Raum, in dem sich alle befanden. Bevor Saskia oder Lea etwas sagen konnten, war Alex schon freudig aufgestanden, stürmte auf Frau und Kind zu, küsste Lea und schnappte sich sein Töchterlein. Diese wand sich aber nach der ersten Freude aus seinen Armen. Clara fand es viel interessanter, alleine durch den Raum zu stapfen und alles zu erkunden. Auch Rudi erhob sich und begrüßte freudig seine ehemalige Chefin und Kollegin und meinte: »Ja, wen haben wir denn da?«

Lea antwortete: »Ist ja schon überfällig. Ich wollte euch schon die ganze Zeit besuchen, aber mit so einem kleinen Kind und der Arbeit ist es wirklich sehr anstrengend. Ich hoffe, du hast auch schon die Windpocken gehabt?«

Grinsend schaute Rudi die Kleine an. Man sah bei ihr deutlich die Pocken im Gesicht. Und antwortete: »Kein Problem, ich denke schon.«

Luisa stellte sich nun auch zu der kleinen Gruppe und meinte: »Ich hatte sie noch nicht.«

In diesem Moment riss sich Clara von ihrem Papa los, eilte mit ihren noch unsicheren Schritten auf Luisa zu, strahlte diese an und streckte die Ärmchen nach oben, weil sie auf deren Arm wollte. Luisa schien kurz nachzudenken, bückte sich dann aber, hob die Kleine hoch, ging mit ihr zum Stuhl zurück und setzte sich. Clara schien sich auf deren

Schoß sehr wohl zu fühlen. Sie himmelte Luisa geradezu an und brabbelte vor sich hin. Lea bemerkte, wie etwas Eifersucht in ihr hochkam. Dass Alex die Neue eventuell gefiel, ging ja noch, aber ihre Tochter, das war unerhört. Nach kurzer Überlegung rief sie sich aber zur Vernunft, ging auf Luisa zu, streckte ihr die Hand hin und sagte: »Hallo, ich bin Lea. Schön, Sie endlich kennenzulernen.«
»Freut mich auch«, erwiderte diese lächelnd. »Ich bin Luisa, wir können gerne Du sagen.«
Alex schüttelte nur den Kopf, setzte sich auch wieder hin und dachte: »Na super.«
In diesem Moment streckte Saskia den Kopf zur Tür hinein - sie war zwischenzeitlich wieder zu ihrem Arbeitsplatz zurückgekehrt - und sagte: »Da ist eine Frau Sommer. Sie möchte eine Aussage machen.«
»Ich komme«, entgegnete Rudi. »Bringe sie bitte in mein Büro.«

Als Rudi sein Büro betrat, saß Julia Sommer schon auf dem Stuhl vor seinem Schreibtisch. Er reichte ihr die Hand und meinte: »Frau Sommer, was für eine Überraschung. Was kann ich für Sie tun?«
»Ich möchte eine Aussage machen.«
»Gut, dann warten Sie bitte einen Moment.« Rudi stand auf, öffnete seine Bürotür und rief: »Alex kommst du mal bitte.«

Es verging keine Minute, da erschien dieser, nachdem er sich von Lea, die mit ihrem Töchterchen wieder nach Hause gehen wollte, verabschiedet hatte.

»Frau Sommer möchte eine Aussage machen.«

Alex nickte, zog sich einen Stuhl heran und schaltete das Aufnahmegerät ein. Rudi setzte sich wieder auf seinen Platz und forderte Julia auf zu beginnen.

»Ich möchte ein Geständnis ablegen«, brach es aus dieser heraus. »Ich habe den Mis…., also Klaus Oswald umgebracht.«

Erstaunt sahen Alex und Rudi die junge Frau an.

Alex fasste sich als erster und fragte: »Okay, und warum haben Sie das getan?«

Es war Alex anzusehen, dass er Julia kein Wort glaubte. Auch Rudis Gesicht hatte einen ungläubigen Ausdruck angenommen.

»Der Mistkerl hat mich, wie Sie ja inzwischen sowieso mitbekommen haben, vor 12 Jahren in seinem Keller gefangen gehalten.«

Die beiden nickten. Sie hatten natürlich nach den vergangenen Geschehnissen die Akte des Falles von damals angeschaut. Außerdem hatte Robin Wagner sie ja informiert, dass seine Freundin damals bei Herrn Oswald eingesperrt gewesen war. Da aber Julia wiederaufgetaucht war, hatten sie sich bis zum jetzigen Zeitpunkt noch nicht damit beschäftigt.

»Und warum haben Sie ihn dann erst jetzt umgebracht?«, wollte Rudi nun wissen.

»Ich habe seit damals eine Angststörung und komme mit meinem Leben nicht mehr klar. Der Hass auf ihn hat sich erst in den letzten Jahren so richtig entwickelt.«

Das klang nicht ganz unglaubwürdig, mussten die Kommissare zugeben.

»Und warum haben Sie ihn damals nicht angezeigt?«, fuhr Alex das Verhör fort.

»Weil ich mich so abgrundtief geschämt habe«, schluchzte Julia auf.

Mitleidig schauten die beiden sie nun an.

Julia fuhr fort: »Das war auch nicht das Einzige. Sein Freund Harald Bender hat mich zuvor vergewaltigt und danach in dieses Haus geschleppt. Die beiden haben mich dort festgehalten. Erst nach vier Wochen ist es mir gelungen zu fliehen.«

Fassungslos hatten Rudi und Alex zugehört.

»Frau Bender hat von alledem gewusst. Deshalb habe ich diese Frau ebenfalls abgrundtief gehasst. Auch sie habe ich umgebracht.«

Inzwischen kam zumindest Alex etwas in Schwanken, ob es sich nicht doch so zugetragen haben könnte.

»Wie haben Sie denn Frau Bender umgebracht?«, wollte Rudi nun wissen.

»Mit einem Kabelbinder, genauso wie ihren Ehemann.«

»Ach, den haben Sie auch auf dem Gewissen?«

»Ja, natürlich, den habe ich auch umgebracht.«

Rudi schaute Alex an. Dieser zuckte unmerklich mit den Schultern. Beide wussten natürlich, dass Julia Sommer das nicht gewesen sein konnte, nachdem Barbara Rapp und Dagmar Schneider zugegen hatten, an dem Mord beteiligt gewesen zu sein. Dennoch fragte Alex: »Und warum haben Sie Herrn Oswald mit einem Messer erstochen und nicht mit einem Kabelbinder erwürgt?«

»Das war Notwehr. Ich wollte mit ihm sprechen, um diese schrecklichen Erlebnisse von damals besser verarbeiten zu können. Er wollte mich dann wieder in diesen Keller sperren. Da habe ich einfach mit einem Küchenmesser zugestochen.«

Das wiederum hörte sich wieder sehr glaubwürdig an. Trotzdem glaubten die beiden ihr kein Wort.

»Und das Messer haben Sie so einfach vorsichtshalber mal mitgenommen?«

»Ja, genau so war es.«

»Hmmmm.«

Nachdem Rudi und Alex sich mit Blicken verständigt hatten, wurde Julia in die Zelle gebracht. Barbara Rapp war schon abgeholt worden, um dem

Haftrichter vorgeführt zu werden. Daher war der Raum wieder frei. Nachdem Alex dieses erledigt hatte, kehrte er zu seinem sehr nachdenklichen Chef zurück und sagte: »Ich glaube, dass Julia Sommer jemanden schützen möchte. Sie selbst hat diese Morde nie und nimmer begangen.«

»Da gebe ich dir recht. Die Frage ist nur, wen möchte sie schützen.«

Beide gingen, jeder in Gedanken versunken, zurück in das Besprechungszimmer, um das Ganze zusammen mit Luisa durchzusprechen. Saskia wurde auch dazu gerufen.

Inzwischen hatte sich das Team wieder im Besprechungszimmer versammelt. Rudi sagte gerade: »Also ich glaube es nicht. Es könnte natürlich so gewesen sein, dass Julia Sommer Herrn Oswald und eventuell auch Frau Bender umgebracht hat. Aber ich glaube es einfach nicht.«

Alex nickte bestätigend und wollte gerade etwas dazu sagen, als das Telefon klingelte. Luisa nahm das Gespräch entgegen. Nachdem sie aufgelegt hatte, sah sie ihre Kollegen triumphierend an. »Ihr werdet es nicht glauben. Das war Hans äh...Balbach.«

»Doch, das glauben wir dir ganz bestimmt«, unterbrach Alex sie grinsend. Aber keiner ging darauf ein.

Rudi forderte Luisa auf, weiterzusprechen und fragte: »Und, was hat Dr. Balbach gesagt?«

»Man hat eine identische DNA bei Herrn Oswald und Frau Bender gefunden.«

Gespannt schauten alle Beteiligten sie an. »Aber das Beste ist, man kann diese auch zuordnen, weil der Betroffene wegen eines Raubüberfalls straffällig geworden war und man ihn im DNA-Register gefunden hat. Und jetzt haltet euch fest.«

»Jetzt mach es doch nicht so spannend«, warf Alex genervt ein.

»Sein Name lautet Bastian Sommer.«

In den Köpfen klingelte es.

»Bastian Sommer?«, fragte Rudi. »Ist der mit Julia Sommer verwandt?«

»Ja, genau, es ist ihr Bruder. Er hat damals mit seinen Kumpels zusammen eine Tankstelle überfallen. Es ist nicht viel passiert. Es gab auch keine Verletzten. Aber die Kollegen konnten die drei jungen Männer fassen und dadurch haben wir seine DNA. Herr Sommer hat damals eigentlich nur Wache gestanden, aber mitgegangen, mitgefangen.«

»Dann ist die Sache ja sonnenklar«, überlegte Alex laut.

»Das würde ich auch so sagen«, bekräftigte ihn seine Kollegin. »Jetzt heißt es nur noch, ihn zu finden.«

Julia hatte nach Hause gehen dürfen. Aber sie wollte das gar nicht und wiederholte immer wieder, dass sie die Morde begangen habe und dafür bestraft werden wolle. Als Julia hörte, dass ihr Bruder unter Mordverdacht steht, war sie vollkommen zusammengebrochen.

Nun saßen Rudi und Luisa dem Ehepaar Sommer gegenüber in deren Wohnzimmer.

Die Mutter hatte geheult, als sie hörte warum die Kommissare gekommen waren. Der Vater hingegen war etwas gefasster.

»Wissen Sie denn, wo Ihr Sohn sich aufhalten könnte?«, fragte Luisa.

»Nein, wir haben keine Ahnung«, antwortete der Vater.

Frau Sommer schüttelte nur den Kopf. Nachdem sie sich etwas beruhigt hatte, fing sie an zu erzählen: »Bastian war vor ein paar Wochen hier und hat zu uns gesagt, dass wir uns keine Gedanken machen sollen, wenn er demnächst für eine Weile verschwinden würde, um sich eine Auszeit zu nehmen. Mein Mann und ich haben das aber nicht wirklich ernst genommen. Er hatte öfters mal solche Anwandlungen. Früher war er allerdings ziemlich schüchtern und zurückhaltend. Er wäre niemals alleine in den Urlaub gefahren. Dann lernte er aber eine nette junge Frau kennen und hatte mit ihr eine Beziehung. Leider hielt das nicht so lange an, nur so ungefähr anderthalb Jahre. Mit seiner Freundin ist er in dieser Zeit schon ab und zu mal weggefahren. Nach der Trennung blieb er dann allerdings alleine. Ständig war er mit seinen Kumpels unterwegs. Mit ihnen hat er auch größere Reisen unternommen und Gefallen daran gefunden.«

»Inzwischen ist Bastian ja auch erwachsen und so, wie es aussieht, hat er es wirklich ernst gemeint mit dem Weggehen«, ergriff Herr Sommer wieder das Wort. »Wir haben keine Ahnung, wo er sein könnte«, fügte er noch hinzu.

»Was meinen Sie? Warum könnte Ihr Sohn Herrn Oswald und Frau Bender umgebracht haben?«, wollte Rudi wissen.

Herr Sommer antwortete: »Er war das nicht. So etwas würde Bastian niemals tun. Obwohl er allen Grund dazu gehabt hätte.«

»Was für einen Grund denn?«

»Diese Menschen haben das Leben unserer Tochter zerstört. Aber er war es nicht«, mischte sich Gerlinde Sommer ein.

Luisa schaute sie freundlich an. Das Ehepaar tat ihr aufrichtig leid. »Sie meinen, weil das Leben Ihrer Tochter nach den damaligen Vorfällen nicht mehr einfach gewesen ist? Das kann ich gut verstehen. Aber ist das ein Grund für einen Bruder zu morden?«

»Er hat sehr darunter gelitten, dass es seiner Schwester so schlecht ging. Bastian liebt Julia über alles und es hat ihn sehr mitgenommen, sie so leiden zu sehen. Er ist psychisch schon immer sehr labil gewesen. Das ist auch ein Grund, dass die Beziehung zu Annette, so hieß seine Freundin, nicht gehalten hat. Aber er ist ein guter Mensch und er würde so etwas niemals tun«, wiederholte sich Gerlinde.

Rudi erhob sich, Luisa tat es ihm gleich und sagte: »Sollten Sie irgendeine Ahnung haben, wo sich Ihr Sohn aufhalten könnte oder wenn Ihnen noch etwas einfällt, melden Sie sich bitte umgehend bei uns.«

Herr Sommer brachte die beiden zur Tür. Seine Frau blieb sitzen und nickte nur kurz zum Abschied.

Draußen angekommen meinte Luisa nachdenklich: »Ich verstehe nur nicht, warum Julias Bruder die Morde jetzt erst begangen hat und nicht schon damals.«

»Vielleicht hat sich das alles aufgestaut. Nachdem dann der Mord an Harald Bender bekannt geworden war, hat er vielleicht gedacht, dass es so aussehen würde, als ob ein Serienmörder umhergehen würde und er so ungeschoren davonkommen könnte.«

»Das mag natürlich so sein. Und der Mord an Herrn Oswald wird nicht geplant gewesen sein.«

»Ja, wahrscheinlich hat Bastian Sommer nur seiner Schwester geholfen. Vielleicht war er von Anfang an dabei, oder er hat von ihrem Vorhaben zu Klaus Oswald zu gehen, erfahren und ist ihr nachgegangen. Vielleicht werden wir es irgendwann einmal erfahren, aber zuerst müssen wir ihn mal finden. Unter diesen Umständen hätte er gute Chancen mildernde Umstände zu bekommen. Aber natürlich nicht, wenn er sich nicht freiwillig stellt«, seufzte Rudi.

...

Bastian Sommer saß auf einem Barhocker in einer Strandbar in Havanna.

»Una cerveza por favor", sagte er zu der bildhübschen Bedienung hinter der Theke. Diese schaute ihn mit einem hinreißenden Lächeln an und stellte ihm kurz danach ein Bier auf den Tresen. Da wusste er, dass sie ihn verstanden hatte und war froh über seine Spanischkenntnisse. Es war zwar nicht viel, was er konnte, aber er würde die Sprache hier in kürzester Zeit richtig lernen, das war gewiss. Bastian war sich sicher, das Richtige getan zu haben. Es gefiel ihm hier. Er hatte einiges an Geld gespart, so dass er eine Weile zurechtkommen konnte. Irgendwann würde er einen Gelegenheitsjob annehmen, um sich über Wasser zu halten. Es war wunderschön hier. Bastian fühlte sich zum ersten Mal in seinem Leben richtig entspannt und entschloss sich, hier zu bleiben. Die junge Kubanerin schaute ihn immer noch lächelnd an. Vielleicht würde er sie bei Gelegenheit fragen, ob sie mit ihm ausgehen wolle. Aber zuerst musste er noch seine Spanischkenntnisse erweitern, sonst würde das ein ruhiger Abend werden. Bei diesem Gedanken musste Bastian vor sich hin grinsen. Auf jeden Fall würde er hier in Kuba sicher sein, soviel wusste er. Es gab hier kein Auslieferungsabkommen. Irgendwann würde er seine Schwester, seine Eltern und auch seine Freunde wissen lassen, wo er sich befand. Dann konnten ihn alle jederzeit besuchen und hier Urlaub machen. Nachdem Bastian das Bier getrunken hatte, schlenderte er am Strand entlang und plante sein neues Leben.

...

Das komplette Team war von Lea und Alex eingeladen worden, um den gelösten Fall, besser gesagt, die aufgeklärten Fälle zu feiern. Das machten sie jedes Mal so. Obwohl im Moment die Ermittlungen noch nicht vollständig abgeschlossen waren, denn Bastian Sommer wurde noch nicht gefunden. Sie konnten zwar seine Spur bis zum Flughafen von Frankfurt verfolgen, aber mehr auch nicht. Bastian musste unter falschem Namen das Land verlassen haben.

Da aber im Moment nicht mehr zu machen war - die Fahndung lief - hatten sie beschlossen, den Samstagabend gemeinsam zu verbringen. Alle, außer Luisa waren schon da. Diese hatte angekündigt, ihren Freund mitzubringen. Alex, Saskia, Rudi und Katja - die natürlich auch mitgekommen war - saßen schon am Esstisch und waren sehr gespannt, mit wem ihre Kollegin kommen würde. Lea war noch in der Küche beschäftigt. Die kleine Clara tapste gerade auf ihren Papa zu, um sich an seinem Bein hochzuziehen und auf seinen Schoß zu gelangen. Nachdenklich fragte Alex: »Habt ihr Luisas Freund schon kennengelernt?« Die am Tisch Sitzenden schüttelten den Kopf und verneinten. Lea rief aus der Küche: »Ich weiß es, aber ich verrate es euch nicht.« Sie lächelte verschmitzt vor sich hin. Überrascht schauten sich Rudi und Alex an. Saskia schmunzelte. Nachdem Lea so reagiert hatte, konnte auch sie sich denken, um wen es sich handelte. Alex war aufgesprungen, eilte zu seiner Partnerin, um von ihr etwas zu erfahren, als es klingelte.

Lea begab sich schnellstens zur Tür, um diese selbst zu öffnen. Unten schien offen gewesen zu sein, denn Luisa und ihr Begleiter waren schon oben.

»Hereinspaziert«, rief Lea munter. »Schön, dass ihr da seid.«

Sprachlos schaute vor allem Alex Balbach an, der nach seiner Kollegin die Wohnung betreten hatte. Mit ihm hatte er nicht gerechnet. Aber auch Rudi war mehr als erstaunt.

»Du hast es gewusst«, zischte Alex seiner Lebensgefährtin zu.

»Ja«, antwortete diese lächelnd. »Hans-Peter hat mich letzte Woche angerufen. Wir verstehen uns jetzt echt gut. Und er ist so glücklich. Das freut mich sehr, da ich immer noch ein schlechtes Gewissen hatte, dass das mit ihm und mir nicht funktioniert hat. Es war ja hauptsächlich meine Schuld.« Dies alles hatte Lea ihrem Freund natürlich nur ganz leise zugeflüstert. »Ich glaube, wir nehmen ihn als Taufpaten für unsere Clara. Wir sollten sie endlich taufen lassen«, fügte sie noch hinzu.

Entsetzt schaute Alex Lea an. Dann musste er sich wohl oder übel an den Gerichtsmediziner gewöhnen. Aber dicke Freunde würden sie wohl nie werden. Er ging auf Hans-Peter zu und sagte, allerdings ohne ihn mit Handschlag zu begrüßen: »Na, dann. Herzlich willkommen.«

Balbach nickte herablassend und ging grinsend an ihm vorbei, um Lea mit Küsschen rechts und links zu begrüßen. Saskia und Katja krümmten sich vor Lachen. Saskia hatte ihrer Freundin schon vor ein paar Tagen ihre Vermutung mitgeteilt. Die beiden waren schon seit einiger Zeit befreundet. Nachdem sich alle wieder beruhigt hatten und Alex und Lea das Essen aufgetragen hatten - es gab Kartoffelsalat und Würstchen -, wurde die Stimmung recht ausgelassen. Sogar Alex und Hans-Peter stießen zusammen mit einem Bier an. Das Eis war gebrochen. Die kleine Clara war inzwischen auf dem Sofa eingeschlafen. Auch Luisa schien sich in der Gemeinschaft sehr wohl zu fühlen. Und Katja war nur glücklich. So war alles perfekt. Sie hatte eine Arbeitsstelle in Karlsruhe gefunden, in der sie sich nicht mit Toten quälen musste und konnte trotzdem noch Kontakt mit ihren früheren Kollegen halten. Saskia war ihr eine gute Freundin geworden und nicht zu vergessen, Rudi, die Liebe ihres Lebens. Es wurde noch bis zum Morgengrauen gefeiert, nur Clara durfte in ihr Bettchen gehen. An der Fröhlichkeit änderte auch die Tatsache nichts, dass es keine Spur von Bastian Sommer gab.

Ende

Epilog

Ein Jahr später

Julia und Robin saßen beim Abendessen am festlich gedeckten Tisch.

»Das ist ja eine Überraschung. Gibt es einen bestimmten Grund für dieses romantische Abendessen zu zweit?«, wollte Julia wissen.

Robin schaute seine Freundin lange an, stand auf, ging um den Tisch herum, beugte sich zu Julia herunter, schloss sie in die Arme und meinte: »Ich liebe dich! Und ich bin so froh, dass du mit deiner Therapie große Fortschritte machst. Ich möchte dich fragen, ob du mich heiraten möchtest.«

Julia glaubte, sich verhört zu haben. Damit hatte sie nicht gerechnet. Sie stand auf, schmiegte sich fest an ihren Freund und antwortete mit Tränen in den Augen: »Auf jeden Fall möchte ich das. Ich liebe dich auch!«

Später, als die beiden eng aneinandergeschmiegt auf der Couch saßen, meinte Julia: »Alles könnte so schön sein, wenn ich nicht so ein schlechtes Gewissen haben müsste, wegen meinem Bruder.«

»Aber das ist doch Blödsinn. Du hast ihn doch nicht zum Morden aufgefordert. Bastian hatte schon immer psychische Probleme und das weißt du auch. Du hast keine Schuld daran.«

Nach kurzem Schweigen unterbrach Julia die Stille: »Lass uns nach Kuba fliegen. Meine Eltern werden uns begleiten. Ich habe gestern einen Brief von Basti bekommen. Es gefällt ihm dort sehr gut, aber er überlegt sich, zurückzukommen, um sich zu stellen, um Ordnung in sein Leben zu bringen. Ich würde gerne Urlaub mit dir machen und möchte bei der Gelegenheit endlich meinen Bruder wiedersehen. Dann können wir auch besprechen, wie alles weitergehen soll.«

»Ich werde gleich morgen versuchen einen Flug zu buchen«, antwortete Robin voller Freude, dass seine Freundin mutiger wurde und sich jetzt sogar schon zutraute nach Kuba zu fliegen.

»Das wird dann unsere Hochzeitsreise«, sagten die beiden gleichzeitig und küssten sich lange und intensiv.

Dank:

Ich bedanke mich bei meinem Mann Peter, der von Anfang an, wie auch alle meine anderen Bücher, dieses Buch mitgelesen und mich unterstützt hat.
Bei meinen Söhnen Nico und Marvin. Ich danke Euch, dass Ihr immer an mich glaubt.
Danke meinen Probelesern Susanne Barton und Gerhard Broichmann.
Auch bei Axel Büchner, der mich ebenfalls sehr unterstützt hat, möchte ich mich ganz herzlich bedanken.
Mein ganz besonderer Dank gilt Claudia Mackiewicz, Dittmar Huniar und Frau B. Eichkorn für das Korrektorat und Lektorat!
Dank auch an Gertrude Gebauer, die wieder mein Buch mit ihren Mauszeichnungen verschönert hat!
Und meinen Freundinnen, meinem Vater, meinem Bruder und natürlich allen meinen Lesern, die gespannt auf mein Buch warten und es lesen werden, ein herzliches Dankeschön!

Eine kleine Bitte zum Schluss

Ich hoffe, dass Ihnen dieses Buch gefallen hat.

Der schnellste Weg, andere Leser an Ihren Erfahrungen mit diesem Krimi teilhaben zu lassen, ist eine Rezension im Online-Buch-Shop.

Ihr Feedback hilft anderen Lesern, Neues zu entdecken. Außerdem hat man als Autor durch Ihr ehrliches Leser-Feedback die Möglichkeit sich weiterzuentwickeln.

Vielen Dank im Voraus, wenn Sie sich ein paar Minuten Zeit nehmen und eine kleine Bewertung zum Buch veröffentlichen.

Manuela Kusterer

Das Schweigen im Schwarzwald

Lea und ihr Team
Erster Fall

Schwarzwaldkrimi

Seiten: 192
ISBN: 9 783741280597

Hauptkommissarin Lea Sonntag und ihr Team ermitteln in einem Mordfall. Ausgerechnet in dem idyllischen Kurort Schömberg an der Pforte zum Schwarzwald wird eine Leiche gefunden. Lea, die geplant hat mit ihrem Freund in den Urlaub zu fliegen, muss sich entscheiden. Wird sie ihren Urlaub abbrechen und ihre Kollegen Alex, Rudi und Katja unterstützen? Da ihre Beziehung auf wackeligen Beinen steht, fällt ihr diese Entscheidung schwer. Als dann aber auch noch eine Frau spurlos verschwindet, gibt es nicht mehr viel zu überlegen. Vielleicht zählt jede Stunde, um das Leben der Vermissten zu retten. Das Polizeiteam stößt an seine Grenzen. Hängen diese beiden Fälle überhaupt zusammen? Außerdem machen die kleinen Meinungsverschiedenheiten mit ihrem Kollegen Alex Lea das Leben nicht gerade leichter.

Manuela Kusterer

Die Tote, die noch lebt

Lea und ihr Team

Manuela Kusterer

Die Tote, die noch lebt

Lea und ihr Team
Zweiter Fall

Schwarzwaldkrimi

Seiten: 186
ISBN: 9783743196360

Eine Leiche wird in Schwarzenberg, einem Ortsteil von Schömberg an der Pforte zum Schwarzwald, gefunden. In Remchingen versteht eine Frau die Welt nicht mehr und in Karlsruhe stirbt eine wichtige Zeugin, bevor man sie befragen kann. Hauptkommissarin Lea Sonntag weiß mal wieder nicht, wo ihr der Kopf steht. Zudem hat sie im Moment genug private Probleme und ihr Kollege Alex macht mal wieder zusätzlichen Stress. Außerdem erweist sich die Aufklärung des Falles schwieriger als es zunächst den Anschein hatte. Ob das Polizeiteam es schaffen wird, die Fäden zu entwirren?

Manuela Kusterer

Rache oder Wahnsinn

Lea und ihr Team
Dritter Fall

Schwarzwaldkrimi

Seiten: 164
ISBN: 9 783744867719

Ein neuer Fall nimmt das Schömberger Polizeiteam voll und ganz in Anspruch. Zwei Personen werden ermordet aufgefunden. Ist es Zufall, dass beide dem gleichen Freundeskreis angehören? Gehört der Mörder vielleicht auch dazu? Hauptkommissarin Lea Sonntag ist überfordert. Dazu kommt, dass sie sich seit einigen Tagen krank und antriebslos fühlt. Außerdem bringt sie sich durch einen unachtsamen Moment in große Gefahr. Werden ihre Kollegen sie rechtzeitig finden?

Manuela Kusterer

Wer nicht vergessen kann, muss töten

Seiten: 208

ISBN: 9783735721549

Es ist nicht das erste Mal, dass Privatermittler Andreas Stahl einen Drohbrief bekommt. Aber dieses Mal spürt er die Gefahr greifbar nahe. Der Verfasser des Briefes droht, sein Leben zu zerstören. Acht Wochen danach verschwindet seine Frau spurlos. Die Polizei unternimmt nichts, weil es keine Anzeichen für ein Verbrechen gibt.
In Pforzheim wird eine Frau auf entsetzliche Weise ermordet. Für die Ermittlungen ist das Polizeirevier Pforzheim zuständig. Das Team befürchtet, dass das erst der Anfang ist. Nachdem Stahl von seiner totgeglaubten Frau einen verzweifelten Anruf bekommt, beginnt er die Suche nach ihr. Die Spur führt ins Ausland. Im Zuge der Ermittlungen kreuzen sich die Wege des Detektivs aus Karlsruhe und der im Mordfall ermittelnden Polizeibeamten. Hat das Verschwinden von Margarete etwas mit dem Fall zu tun?

Manuela Kusterer

Gefährliche Entscheidung

Seiten: 320

ISBN: 9783751937092

In Pforzheim fühlt sich Luisa Kessler beobachtet und verfolgt.
Nach dem Tod ihres Mannes versucht sie, sich zusammen mit ihrer kleinen Tochter Annabelle ein neues Leben aufzubauen. Als sie gerade beginnt wieder glücklich zu sein, erhält sie eine Nachricht, die ihre ganzen Pläne ändert.
Ungefähr zur gleichen Zeit wird in Berlin eine Studentin bestialisch ermordet.
Nachdem eine weitere junge Frau auf die gleiche Art und Weise ermordet aufgefunden wird, ermittelt das Polizeiteam auf Hochtouren. Bald wird Hauptkommissarin Maren Westphal und ihrem Kollegen klar, dass es der Täter noch auf ein weiteres Opfer abgesehen hat. Es ist ein Wettlauf mit der Zeit.

Manuela Kusterer

Die Liebe, das Leben und die täglichen Katastrophen

Roman

Seiten: 176
ISBN: 9783746008998

Eliane müsste eigentlich glücklich sein, denn sie hat alles, von dem andere nur träumen. Einen gut verdienenden Mann, ein schönes Haus und genügend Geld, um ein angenehmes Leben führen zu können. Aber sie ist nicht zufrieden. In ihrer Ehe kriselt es, ihre Freundinnen hören ihr nicht zu und ihren Traum, ein Café zu eröffnen, kann sie nicht verwirklichen, weil ihr Ehemann dagegen ist. Dann wird Eliane von einigen heftigen Schicksalsschlägen getroffen. Wird sie vielleicht dadurch erkennen, was und vor allem wer wirklich wichtig ist im Leben?